KB232704

톡톡 튀는 1318 세대를 위한 삶의 지혜 시리즈

명심보감

톡톡 튀는 1318 세대를 위한 삶의 지혜 시리즈

명심보감

명심보감

초판인쇄일 2002년 2월 25일
초판발행일 2002년 2월 28일

엮은이 · 청소년을 위한 고전 연구회
펴낸이 · 김철수
펴낸곳 · 도서출판 지원클럽

등록번호 · 제 10-1371호 / 1996년 12월 3일
주소 · 서울시 마포구 상수동 231번지 호수빌딩 301호
전화 · (02)322-9822~5 / 팩스 · (02)322-9826

값 7,000원

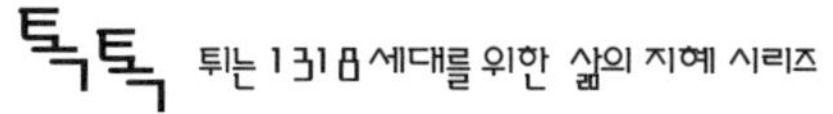

청소년을 위한 고전 연구회 엮음

지원클럽

명심보감은 고려 때 어린이들의 학습을 위하여 중국 고전에 실려 있는 선현들의 금언(金言), 명구(名句)를 발췌 편집하여 만든 책으로, 고려 충렬왕 때 예문 관제학을 지낸 추적(秋適, 1246~1317) 선생에 의하여 편찬되었다고 전해진다.

주로 한문을 배우는 학동들이 천자문을 배운 후 다음 과정의 교재로 널리 쓰였으며, 그 내용은 경서(經書), 사서(史書), 제자(諸子), 시문집 등에서 적절히 취사 선택하였다.

책명에서 명심이란 마음을 밝게 한다는 뜻이며, 보감은 보물과 같은 거울로써의 교본이 된다는 것을 뜻하고 있다. 전통 도덕 교육의 교재였던 《명심보감》 속에는 생활 철학적 경구들이 수북히 담겨 있기 때문에 그렇게 쓰인 것이다.

《명심보감》이 비록 중국 철학자들의 사상을 중심으로 편집돼 있기는 하나 내용 면으로는 우리의 정서가 곳곳에 담겨져 있음을 볼 수 있다. 이 책은 아이들이 최초로 배우는 초학서이므로 비교적 쉬운 한자와 한 문장으로 구성되어 있다. 이 책을 읽으면 자연스럽게 한자와 한 문장을 쉽게 익히게 되는 일석이조의 효과를 얻게 된다. 뿐만 아니라 비교적 읽기 쉬운 글이지만 문장 하나하나에 심오한 뜻이 담겨 있는 내용이야말로 풍부한 사색력을 키우게 해 준다. 또한 내용을 보면 생활 속에서 터득한 도덕과 윤리 정신이 곳곳에 스며 있다. 척박한 현대를 살아가고 있는 많은 이들에게 마음을 밝게 해 주는 《명심보감》의 보물 같은 경구들이야말로 참 세상을 바라보게 만드는 힘을 길러 줄 것이다.

청소년을 위한 고전 연구회

제1부

효는 모든 행실의 근본

제2부

젊어서 학문에 힘쓰지 않으면 미래가 없다

제3부

어려움을 함께 해야 참된 벗이다

제4부

수양에는 돈이 들지 않는다

제 **1** 부

효는 모든 행실의 근본

1
효는 백행의 으뜸

해 석 증자가 말하였다.

"효(孝)와 자(慈)는 백 가지 행실 가운데 으뜸으로, 효보다 더 앞서는 것이 없다. 효가 하늘에 이르면 때에 따라 비바람을 알맞게 내려 주고, 효가 땅에 이르면 만물이 풍성해지고, 효가 사람에게 이르면 여러 가지 복이 모두 이르게 된다."

♣ 한자 익히기

曾:일찍 증 慈:자비로울 자 過:지날 과 盛:성할 성 臻:이를 진

♠ 뜻풀이

*曾子(증자):공자의 제자로 이름은 삼(參)이라고 한다. 지극한 효성으로 유명하다

*孝慈(효자):효도하는 마음과 자애로운 마음

*風雨順時(풍우순시):비바람이 제때에 알맞게 내림

2
불효보다 더 큰 죄는 없다

해 석 공자가 말하였다.

"다섯 가지 형벌이 삼천 가지인데 불효보다 더 큰 죄는 없다."

◆ 해설

공자가 《효경(孝經)》에서 한 말로, 이 세상에서 으뜸가는 죄는 불효임을 설명한 내용이다. 《서경(書經)》 여형 편(呂形篇)에 나와 있는 이 다섯 가지의 형벌 3천 가지를 살펴보면, 첫째가 1천 가지인 묵형(墨形)으로 죄인의 이마나 팔뚝 등에 먹물로써 죄명을 찍었으며, 둘째가 1천 가지인 의형(劓刑)으로 코를 베었으며, 셋째가 5백 가지인 월형(刖刑)으로 발을 잘랐으며, 넷째가 3백 가지인 궁형(宮刑)으로 생식기를 제거하였으며, 마지막으로 2백 가지인 대벽(大辟)으로 사형에 처했다.

♣ 한자 익히기

形:형벌 형　屬:속할 속　罪:지을 죄　孝:효도 효

3
부모의 은혜를 잊지 말라

해 석 증자가 말하였다.

"부모가 사랑으로 돌보아 주시면 기쁜 마음으로 그 은혜를 잊지 말고, 부모가 꾸중하시면 두려워하는 마음을 가지고 원망하지 말아야 하며, 부모가 잘못을 하시면 공손하게 바로잡아 드려야 한다."

♣ 한자 익히기

弗:아니 불(不) 忘:잊을 망 惡:미워할 오, 사나울 악 懼:두려워할 구 怨:원망할 원 過:허물 과, 지날 과 諫:바로잡을 간, 충고할 간 逆:거스릴 역

♠ 뜻풀이

*喜而弗忘(희이불망):기뻐하되 더욱 잘하기를 잊지 않음

*懼而無怨(구이무원):두려워하면서도 원망하지 않음

*諫而不逆(간이불역):바로잡되 거슬리지 않음

4
자식을 낳아 길러 보아야

養子라야 方知父母恩하고 立身이라야 方知人辛苦니라.

해 석 자식을 낳아 길러 보아야 부모님의 은혜를 알 수 있고, 출세를 해 보아야 다른 사람의 고생을 이해할 수 있다.

♣ 한자 익히기

養:기를 양 知:알 지 恩:은혜 은 辛:매울 신 苦:괴로울 고

5
효자가 효자를 낳는다

해석 효도하고 순한 자는 다시 효도하고 순한 자식을 낳고, 부모의 뜻을 거역한 자는 다시 거역하는 자식을 낳는다. 믿지 못하겠거든 저 처마 끝에서 떨어지는 물방울을 보라. 점점 떨어지는 물방울이 한결같이 똑같다.

♣ 한자 익히기

還:다시 환 逆:거스릴 역 信:믿을 신 看:볼 간 簷:처마 첨 滴:물방울 적 差:어긋날 차 移:옮길 이

재미있는 이야기

　고대의 한국 민속 중에 사람이 노쇠하여 70세가 되면 산속에 내다 버리는 고려장 풍습이 있었다. 옛날 어느 집에서 70세가 된 늙은 아버지를 그 아들이 지게에 지고 가 산속에 내다 버렸다. 지게를 버리고 막 돌아서려 할 때, 따라왔던 그의 아들(노인의 손자)이 지게를 다시 가져가려 하므로 아버지가 이상히 여겨 까닭을 물었더니, "아버지가 늙어 70세가 되면 이 지게로 다시 져다 버리려고요"라고 대답하였다. 그 말에 아버지는 뉘우치고, 노인을 다시 집으로 모시고 가서 효도를 다하였는데, 이로부터 이 악습은 사라졌다는 이야기가 있다.

6
아버지가 부르실 때

해 석 공자가 말하였다.

"아버지가 부르시거든 빨리 대답하며 늦장을 부리지 말고, 손에 일감을 잡고 있다면 던져 놓고, 음식이 입에 있으면 그것을 뱉고 빨리 가되 질주하지는 말아야 한다."

♣ 한자 익히기

呼:부를 호 執:잡을 집 業:일 업 投:던질 투 吐:토해 낼 토 走:달릴 주 趨:달릴 추

♠ 뜻풀이

*唯而不諾(유이불락):빨리 대답하고 천천히 대답하지 않음
*走而不趨(주이불추):빨리 달려가되 질주하지는 않음

7
생일날의 마음 자세

해 석　이천 선생이 말하였다.

"부모가 계시지 않는 사람은 생일날 배로 비통해야 하는데, 어떻게 향연을 즐기겠는가? 부모가 다 계신 자는 그렇게 해도 된다."

♣ 한자 익히기

倍:갑절 배　悲:슬플 비　痛:아플 통　更:다시 갱　安:어찌 안, 편안할 안　張:베풀 장　具:다 구, 갖출 구　慶:경사 경

♠ 뜻풀이

*伊川先生(이천 선생, 1033~1107): 중국 송(宋)나라 때 학자인 정이(程燎). 이천백(伊川伯)에 봉해졌으므로 이천 선생이라 존칭된다. 형 정호(程顥)와 함께 정자(程子)로 불린다

*置酒張樂(치주장악):술자리를 베풀어 풍악을 울림

*具慶(구경):양친이 다 계심

8
돌아가신 뒤에도 부모의 뜻을 기억하라

해석 공자가 말하였다.

"아버지가 살아 계실 때에는 아버지의 뜻을 따르고, 아버지가 돌아가신 후에는 삼 년 간 아버지가 한 일을 바꾸지 말아야 비로소 효자라 할 수 있느니라."

♣ 한자 익히기

觀:볼 관 志:뜻 지 沒:죽을 몰 改:고칠 개

9
부모의 나이를 기억하라

해 석 공자가 말하였다.

"부모의 나이는 늘 기억해야 하니, 한편으로는 부모가 살아 계시는 것이 기쁘기 때문이요 다른 한편으로는 두렵기 때문이니라."

♣ 한자 익히기

喜:기쁠 희 懼:두려워할 구

♠ 뜻풀이

*父母之年(부모지년):부모님의 연세

*知(지): '알다' 라는 뜻이지만 여기서는 '기억(記憶)하다' 라는 의미로 쓰였다

10
외출할 때의 도리

해 석 공자가 말하였다.

"부모가 살아 계시거든 멀리 나가서 놀지 말며, 혹 먼 곳을 가는 일이 생기면 반드시 행선지를 알려야 하느니라."

♣ 한자 익히기

在:있을 재 遠:멀 원 遊:놀 유 方:방위 방

11
효자가 충성한다

자왈　　 군자지사친효　　　고　　　충가이어군　　　　사형제
子曰 君子之事親孝라 故로 忠可移於君이요 事兄第라

고　　　순가이어장　　　　거가리　　고　　　치가이어관
故로 順可移於長이요 居家理라 故로 治可移於官이니라.

해 석 공자가 말하였다.

"군자는 부모에게 효도를 함으로써 그 마음으로 임금에게도 충성할 수 있고, 형에게 공경하는 마음으로 다른 어른들에게도 순종할 수 있으며, 집안을 잘 다스릴 수 있으면 나라를 다스리는 것에도 그 마음 그대로 잘 할 수 있느니라."

♣ 한자 익히기

忠:충성 충　移:옮길 이　君:임금 군, 자네 군　官:벼슬 관

♠ 뜻풀이

*忠可移於君(충가이어군):그 마음으로 임금에게 충성할 수 있음

12
자기 부모를 먼저 사랑하고 공경하라

해석　공자가 말하였다.

"그러므로 자기 부모는 사랑하지 않으면서 다른 사람을 사랑하는 자를 패덕(悖德)이라 하고, 부모는 존경하지 않으면서 다른 사람을 존경하는 것을 패례(悖禮)라 하느니라."

♣ 한자 익히기

愛:사랑 애　謂:말할 위　悖:어긋날 패

13
효의 시작과 끝

해 석 공자가 말하였다.

"우리의 몸은 부모에게 받은 것이니 손상시키지 않는 것이 효의 시작이며, 입신하고 도(道)를 행하여 이름을 후세에 날려 부모를 드러내는 것이 효의 끝이니라."

♣ 한자 익히기

體:몸 체 髮:머리 발 膚:살갗 부 敢:감히 감 毁:헐 훼 揚:날릴 양
顯:밝을 현 終:마칠 종

14
부모님의 은혜는 하늘보다 크다

해 석 《시경(詩經)》에 말하였다.

"아버지 나를 낳으시고 어머니 나를 기르셨으니, 아! 나의 부모
님이여, 나를 낳아 기르시느라 고생하셨습니다. 그 은덕을 갚고
자 하나 하늘과 같이 끝이 없습니다."

♣ 한자 익히기

兮:어조사 혜 我:나 아 鞠:기를 국 哀:슬플 애 劬:힘쓸 구 昊:하
늘 호 罔:없을 망

♠ 뜻풀이

*昊天罔極(호천망극):하늘처럼 무궁해서 갚을 바를 모름

재미있는 이야기

《시경(詩經)》 소아(小雅) 육아 편(蓼我篇)에 실려 있는, 부모님을 봉양하지 못하는 일을 한탄하며 지은 시로써 후세에 많이 인용되고 있다.

진나라 때의 사람으로 왕부라는 사람이 있었는데, 효성이 지극하기로 유명하였다. 어느 날 그의 아버지가 억울한 죽음을 당하였다. 왕부는 비명으로 돌아가신 아버지를 애도하며 은거하여 제자들을 가르쳤는데, 《시경(詩經)》을 읽게 되면 애애부모(哀哀父母), 생아구로(生我劬勞)의 부분에 이를 때마다 눈물을 흘렸기 때문에 제자들이 배우기를 그만두었다는 일로 인해 유명하다. 돌아가신 부모님 생각에 읽지 못하고 책을 덮었다니, 지금 읽어도 사람의 가슴을 울리는 비통한 정이 흐르고 있음을 느낄 수 있다.

15
한 효자가 여러 자식보다 낫다

가화빈야호 　　　　불의　　　부여하　　　단존일자효

家和貧也好어니와 不義면 富如何오. 但存一子孝면

하용자손다

何用子孫多리오.

해 석 집안이 화목하면서 빈곤한 것은 괜찮지만, 떳떳하지 못하면서 부자인들 무엇하리요. 효도하는 자식 하나면 되지 자식이 많으면 무엇하겠는가.

♣ 한자 익히기

家:집 가　好:좋을 호　義:의리 의, 뜻 의　如:같을 여　存:있을 존
孫:손자 손

재미있는 이야기

신라 한기부라는 지역에 지은(知恩)이라는 처녀가 살고 있었다. 그녀는 어려서부터 홀어머니를 모시고 가난하게 살았다. 그녀는 하루 종일 남의 집에 가서 품팔이를 하고, 더러는 구걸을 하며 어머니를 지극 정성으로 보살펴 드렸다. 오랜 고생으로 인해 몸이 견디지 못하자, 결국엔 쌀 10섬에 남의 집 종살이를 시작하게 되었다. 다행스럽게도 마음 좋은 주인인지라 그녀의 형편을 이해해 주어 아침저녁으로 따뜻한 밥을 어머니에게 드릴 수 있었다. 그러던 어느 날 어머니는 평소와는 다른 느낌이 들어 딸에게 조용히 말했다.

"예전에는 빈약한 음식이었지만 맛있게 먹었는데, 요즘은 기름진 쌀밥을 먹어도 마음이 편하지 못하고 창자를 칼로 도려내는 것처럼 아프니, 무슨 까닭이냐?"

지은이는 더 이상 어머니를 속일 수가 없어서 사실대로 말씀을 드렸다. 사실을 안 어머니는 죽고 싶은 심정으로 딸과 함께 목놓아 통곡을 했다. 바로 그때 화랑(花郎)인 효종(孝宗)이 근처를 지나다가 오두막 집에서 들려 오는 울음소리를 이상하게 여겨 안으로 들어가 사정을 알고는 곧장 집으로 돌아가 부모님께 사실을 말하고 곡식 1백 섬과 옷가지를 보내 주고, 지은을 자유의 신분이 되게 하였다. 이런 소식을 접한 화랑 천여 명도 각기 곡식 한 섬씩을 보내 주었으며, 임금도 쌀 5백 석을 보내 줌과 동시에 군사를 보내어 그 집을 지키게 했다.

16
아들 딸 구별 없이 효자면 된다

방옥　　　부재고당　　　　불루편호　　　　의복　　　부재능라
房屋은 不在高堂이니 不漏便好하고 衣服은 不在綾羅이니

화난편호　　　음식　　　부재진수　　　일포편호　　　취처
和煖便好하고 飮食은 不在珍羞하니 一飽便好하고 娶妻는

부재안색　　　현덕편호　　　양아　　　불문남녀
不在顔色이니 賢德便好하고 養兒는 不問男女하니

효순편호　　　제형　　　부재다소　　　화순편호　　　친권
孝順便好하고 弟兄은 不在多少하니 和順便好하고 親眷은

불택신구　　　내왕편호　　　인리　　　부재고저　　　화목편호
不擇新舊하니 來往便好하고 隣里는 不在高低하니 和睦便好하고

붕우　　　부재주식　　　부지편호
朋友는 不在酒食하니 扶持便好니라.

해 석 집은 높고 큰 것보다는 새지 않는 것이 좋고, 의복은 비단
이어야 하는 것이 아니라 따뜻하면 좋고, 음식은 진수성찬보다
는 한 번 배불리 먹을 수 있으면 좋고, 아내를 얻을 때는 미모에
달린 것이 아니라 현덕(賢德)하면 좋고, 아이를 기르는 데는 아
들딸을 구별하지 말고 효순(孝順)하면 좋고, 형제는 많고 적음이
문제가 아니라 화순(和順)하면 좋고, 친척은 신구(新舊)를 가리지

않고 자주 왕래하는 것이 좋고, 이웃은 지위 고하를 막론하고 화목(和睦)한 것이 좋으며, 붕우는 주식(酒食) 접대에 있는 것이 아니라 서로 의지하고 도와 주는 것이 좋다.

♣ 한자 익히기

房:방 방 屋:집 옥 漏:샐 루 綾:비단 릉 煖:따뜻할 난 羞:반찬 수
飽:배부를 포 娶:장가들 취 眷:권속 권 往:갈 왕 睦:화목할 목
扶:도울 부

♠ 뜻풀이

*房屋(방옥):집
*綾羅(능라):비단
*和煖(화난):따뜻함
*珍羞(진수):진수성찬. 갖가지 좋은 음식
*親眷(친권):친척
*扶持(부지):어렵사리 보존하거나 지탱하는 것

17
자손의 현명함은 돈으로 살 수 없다

無藥可醫卿相壽요 有錢難買子孫賢이니라.

해 석 재상의 목숨을 구할 수 있는 약(藥)은 없고, 돈이 있더라도 자손의 현명함을 살 수 없다.

♣ 한자 익히기

醫:고칠 의 卿:벼슬 경 相:서로 상 壽:목숨 수 難:어려울 난 賢:어질 현

♠ 뜻풀이

*卿相(경상):재상(宰相)

18
좋은 며느리는 집안의 보배

해 석　태공이 말하였다.

"나라를 다스림에 있어서는 간사한 신하를 등용하지 않으며, 집안에는 간사한 며느리를 들이지 않는다. 훌륭한 신하는 나라의 보배요, 훌륭한 며느리는 한 집안의 보배이다."

♣ 한자 익히기

治:다스릴 치　佞:아첨할 녕　臣:신하 신　家:집 가　婦:지어미 부
寶:보배 보　珍:보배 진

♠ 뜻풀이

*佞臣(영신):간사하고 아첨 잘하는 신하
*佞婦(영부):간사한 부인

재미있는 이야기

조선 숙종 때 황순승이란 사람이 있었다. 고집이 무척 세기로 유명하여 황고집이란 별명으로 알려져 있었다. 약속은 반드시 지켰으며, 엄한 예의 범절로 집안을 다스려 전국에 평판이 좋은 가문으로 알려졌다. 어느 날 그가 사는 마을 앞에 다리가 하나 놓여졌는데, 그는 다리를 이용하지 않고 바짓가랑이를 걷어올리고는 물로 건너는 것이었다. 그것을 이상히 여긴 어떤 사람이 그 이유를 물으니, 황고집은 이렇게 대답했다.

"그 다리를 놓을 때 보니 남의 무덤에 있던 돌을 갖다 쌓는 것을 보았다. 어찌 내가 편하게 다리를 건너기 위해 남의 조상을 모욕할 수 있겠는가?"

어느 날 도둑들이 그 다리 근처를 지키고 있었는데 황고집은 그런

줄도 모르고 물을 평소처럼 건넜다. 도둑들은 한 사람 걸렸다고 생각했는데 황고집임을 알고는 앞다투어 도망을 쳤다.

한 번은 딸의 혼수를 준비하기 위해 서울에 갔는데, 마침 서울에 사는 친구의 부음 소식을 듣게 되었다. 문상을 함께 가자는 동행인의 말에 황고집은 이렇게 말했다.

"내가 이번에 서울에 온 것은 다른 일 때문이었소. 우연히 친구의 부음을 들었지만, 이대로 조문을 간다면 너무나 성의가 없는 일이 아니겠소."

그러고는 다시 평양의 집으로 돌아갔다가 다시 상경하여 조문을 갔다고 한다.

이런 대단한 성격의 소유자인 황고집이 며느리를 맞게 되었다. 신방을 치르고 시댁으로 온 다음날 아침 황고집은 일찍부터 며느리가 문안 오기를 기다리고 있었다. 그런데 무슨 연유인지 해가 중천에 뜨도록 아무런 기척이 없었다. 기다리다 못해 황고집이 여종을 시켜 알아보도록 했더니, 다녀온 여종은 이렇게 말했다.

"새아기씨께서 일찍 일어나 나리께서 사당(祠堂) 참배 끝나기를 기다리고 계십니다."

황고집은 며느리 인사 받을 생각만 했지 정작 자신이 해야 할 사당 참배는 잊고 있었던 것이다. 사당 참배를 마치고 오자, 며느리는 기다리고 있다가 사뿐히 인사를 올렸다. 너무나 어여쁜 며느리에게 칭찬을 하지 않을 수 없었다.

"아가, 네가 우리 집 복덩이다. 내 잘못을 깨우쳐 주어 실례를 면했구나."

19
다섯 가지 불효

해 석 맹자(孟子)가 말하였다.

"세속에는 이른바 다섯 가지의 불효가 있는데, 사지(四肢)를 게을리 하여 부모를 공양하지 못하는 것이 첫째 불효요, 장기와 바둑을 두며 술 마시기를 좋아하여 부모를 돌보지 않음이 둘째 불효요, 재물을 좋아하고 처자(妻子)만 사랑하여 부모 봉양을 돌보지 않음이 셋째 불효요, 음악과 여색으로 부모를 욕되게 함이 넷째 불효요, 용맹을 좋아하고 사나워서 부모를 위태롭게 함이 다섯째 불효니라."

♣ 한자 익히기

惰:게으를 타 肢:팔다리 지 顧:돌아볼 고 奕:바둑 혁 戮:죽일 륙,
욕 륙 狠:사나울 한

♠ 뜻풀이

*四肢(사지):몸뚱이
*博奕(박혁):바둑
*貨財(화재):재물
*耳目之欲(이목지욕):음악과 여색

20
효자는 하늘이 돕는다

경행록　　운　숙흥야매　　　소사충효자　　　인부지

景行錄에 云 夙興夜寐하여 所思忠孝子는 人不知나

천필지지　　　포식난의　　　　이연자위자　　　신수안

天必知之요 飽食煖衣하여 怡然自衛子는 身雖安이나

기여자손　　하

其如子孫에 何오.

해석 《경행록(景行錄)》에 말하였다.

"아침에 일찍 일어나고 밤늦게 잠자리에 들며 충효를 생각하는 사람을 사람들은 알아주지 않아도 하늘이 반드시 알아주며, 포식하며 따뜻한 옷을 입고 자신만을 위하는 자는 지금은 편안하지만 후손들은 어떻게 되겠는가?"

♣ 한자 익히기

夙:일찍 숙　興:흥할 흥　寐:잠잘 매　飽:배부를 포　煖:따뜻할 난
怡:편안할 이　衛:호위할 위

♠ 뜻풀이

*夙興夜寐(숙흥야매):아침 일찍 일어나고 저녁 늦게 잠듦
*怡然(이연):편리함

재미있는 이야기

조선 성종 때 큰 가뭄이 들었다. 나라에서는 전국에 기우제를 지내게 하고, 동시에 금주령을 내렸다. 어느 날 성종이 농민들과 고통을 함께 나누고자 뜨거운 뙤약볕에 앉아 있는데, 어디선가 풍악을 울리며 잔치하는 소리가 들려 왔다. 사람을 보내 알아보니, 감찰(監察) 벼슬에 있는 김세우의 집이었다. 화가 난 성종은 김세우를 당장 붙잡아 오도록 명했다.

"하늘이 비를 내리지 않아 나도 수라상의 반찬을 줄이고 음악을 삼가고 있는데, 나라의 신하 된 도리로 어떻게 그럴 수 있단 말인가?"

김세우를 비롯해 잔치에 참석했던 사람들까지 모두 붙잡혀 와 옥에 갇혔다. 가족들은 이 고비에서 벗어나기 위해 궁리하던 끝에 아들들에게 한 번만 용서해 달라는 상소문을 올리게 하였다. 이 사실은 성종을 더욱 분개하게 했다. 국법까지 어기고 게다가 어린아이들을 시켜 용서를 비는 것을 성종은 도저히 용납할 수 없었다. 아이들까지 잡아 들이라는 명령이 떨어지자 다른 아들들은 모두 도망하였는데, 김세우의 어린 아들 김규는 도망하지 않고 붙들려 왔다.

"너는 왜 도망하지 않았느냐?"

성종의 물음에 김규는 머뭇거리지 않고 대답했다.

"아비를 구하려고 글을 올렸는데, 도망할 이유가 없지 않습니까?"

"이 상소문을 누가 썼느냐?"

"제가 썼습니다."

"글씨는 누가 썼느냐?"

"제가 썼습니다."

"몇 살인고?"

"열세 살입니다."

어느 새 성종의 노여움은 가라앉고, 김규가 기특하다는 생각이 들었다.

"네가 '가뭄이 안타깝다' 라는 제목으로 글을 지을 수 있겠느냐? 내 마음에 들면 네 아버지를 석방하겠다."

"아버지를 위하는 일이라면 어찌 사양하겠습니까?"

김규는 단숨에 써 내려갔다.

'옛날 동해에 원한을 품은 여자가 하늘에 호소하자 3년 동안 비가 내리지 않았고, 은나라 탕 임금은 자신의 잘못을 책망하여 기우제를 지냈는데 비가 내렸습니다. 원하옵건대 임금께서도 이를 본받으소서.'

글을 읽은 성종은 이렇게 명하였다.

"네 글을 보고 네 아비를 석방하고, 네 글씨를 보고 네 아비의 동료를 석방한다. 너는 어버이에 대한 그 효심으로 나라에 충성하라."

21
처자를 사랑하는 마음으로 부모를 섬겨라

해 석 《경행록》에 말하였다.

"처자를 사랑하는 마음으로 어버이를 섬기면 그 효도가 극진하게 되고, 부귀를 지키는 마음으로 임금을 섬기면 가는 곳마다 충성하게 되며, 남을 책망하는 것처럼 자신을 책망하면 허물이 적게 되고, 자신을 용서하는 마음으로 남의 잘못을 용서하면 온전한 교제를 하게 된다."

♣ 한자 익히기

妻:아내 처 曲:극진할, 굽을 곡 奉:받들 봉 寡:적을 과 恕:용서할 서

♠ 뜻풀이

*無往不忠(무왕불충):충성스럽지 못한 사람이 없음
*責人之心(책인지심):남을 책망하는 마음
*恕己之心(서기지심):자신의 잘못을 용서하는 마음

22
효심은 처자 때문에 얕아진다

해 석 《설원(說苑)》에 말하였다.

"벼슬살이를 하게 되면 높아지면서 게을러지고, 질병은 조금 나으면서 더 심해진다. 화(禍)는 태만함에서 생기고, 효도하는 마음은 처자로 인해서 약해진다. 이 네 가지를 잘 살펴서 시작처럼 끝을 잘 마무리하라."

♣ 한자 익히기

官:벼슬 관 怠:게으를 태 宦:벼슬 환 癒:병 나을 유 懈:게으를 해
衰:시들 쇠 察:살필 찰 愼: 삼갈 신

♠ 뜻풀이

*宦成(환성):벼슬 자리가 높아짐
*小癒(소유):병이 조금 나아짐
*愼終如始(신종여시):처음과 끝을 변함없이 함

23
어린 자녀를 가르치는 법

내칙왈　범생자　택어제모　여가자
內則曰 凡生子에 擇於諸母와 與可者호되

필구기관유자혜온량공경신이과언자　　　사위자사
必求其寬裕慈惠溫良恭敬愼而寡言者하여 使爲子師니라.

자능식사　교이우수　능언　남유여유
子能食食어든 敎以右手하고 能言이어든 男唯女兪하며

남반혁　여반사　육년　교지수여방명
男鞶革이며 女鞶絲니라. 六年이어든 敎之數與方名하고

칠년　남녀부동석　불공식　팔년
七年이어든 男女不同席하며 不共食하고 八年이어든

출입문호　급즉석음식　필후장자　시교지양
出入門戶와 及卽席飮食을 必後長者하여 始敎之讓이니라.

구년　교지수일　십년　출취외부
九年이어든 敎之數日하고 十年이어든 出就外傳하며

거숙어외
居宿於外니라

해 석　《내칙(內則)》에 말하였다.

"아들을 낳으면 제모(諸母)가 될 만한 자를 가리되 반드시 관유

(寬裕), 자혜(慈惠), 온량(溫良), 공경(恭敬)하고, 삼가서 말이 적은 자를 가려서 아들의 스승을 삼아야 한다. 아들이 밥을 먹기 시작하면 오른손으로 먹도록 가르치고, 말을 하기 시작하거든 아들은 유(唯)하고 딸은 유(兪)하게 하며, 아들은 가죽띠를 매게 하고 딸은 실띠를 매게 한다. 여섯 살이 되면 숫자, 방위와 사물의 이름을 가르친다. 일곱 살이 되면 남자와 여자가 같이 자리에 앉지 않으며, 함께 음식을 먹지 않는다. 여덟 살이 되면 문을 드나드는 것과 자리에 나아가고 음식 먹는 것은 어른이 먼저라는 법을 가르친다. 아홉 살이 되면 숫자와 날짜를 가르치고, 열 살이 되면 밖의 스승에게 나가 배우고 밖에서 자게 한다."

♣ 한자 익히기

擇:가르칠 택 寬:넓을 관 裕:너그러울 유 慈:인자할 자 惠:은혜 혜 愼:삼갈 신 寡:적을 과 食:밥 식, 먹을 사 唯:빠른 대답 유 兪:느린 대답 유 鞶:띠 반 革:가죽 혁 絲:실 사 共:한가지 공 讓:사양할 양 傅:스승 부 宿:잘 숙, 별 수

♠ 뜻풀이

*内則(내칙):《예기》의 편명으로, 부녀의 여러 가지 행실을 나열하고 있다
*諸母(제모):서모(庶母). 아버지의 여러 첩
*寬裕(관유):성품이 너그러움
*慈惠(자혜):인자함
*溫良(온량):성품이 온화하고 어짊
*愼而寡言者(신이과언자):조심하여 말이 없는 사람
*男唯女兪(남유여유):아들은 빨리 대답하고, 딸은 느리게 대답함
*外傅(외부):학문을 가르치는 스승

24
자손의 현명함이 보석보다 빛난다

人皆愛珠玉이나 我愛子孫賢이니라.

해 석 사람들은 모두 주옥(珠玉)을 사랑하나, 나는 자손의 현명함을 사랑한다.

♣ 한자 익히기

皆:모두 개 珠:구슬 주 我:나 아 愛:사랑 애

25
자식이 진정으로 잘되기를 바란다면

해 석 아이를 사랑하거든 매를 자주 들고, 아이를 미워하거든 밥을 많이 주어라.

♣ 한자 익히기

憐:사랑할 련 兒:아이 아 棒:몽둥이 봉 憎:미워할 증

26
엄한 부모에게서 효자 난다

嚴父는 出孝子하고 嚴母는 出孝女니라.

해 석 엄한 아버지에게서 효자가 나고, 엄한 어머니에게서 효녀가 난다.

♣ 한자 익히기

嚴:엄할 엄 父:아비 부 出:날 출 母:어미 모

재미있는 이야기

조선 중종 때 명신이며 영의정이었던 홍언필은, 아들을 엄격하게 교육시키기로 유명했다. 섬이라는 이름을 가진 아들이 공경이라는 벼슬 자리에까지 앉았는데도 조금 잘못한 일이 있으면 종아리를 때렸다. 홍섬이 사헌부 대사헌으로 있을 때, 홍섬은 별 뜻 없이 초헌(軺軒)을 타고 출퇴근을 했다. 이를 본 홍연필은 노발대발했다.

"초헌은 나이가 많고 벼슬이 높은 사람만 타는 것인데, 네가 감히 그걸 탄단 말이냐! 지금 그걸 타고 내 앞에서 열 바퀴를 돌아라."

그날 이후로 홍섬은 초헌을 타지 못하였고, 이 소식을 들은 임금은 홍언필을 불러 타일렀다.

"비록 경의 자식이라고는 하나 한 나라의 재상인데, 어찌 그렇게 처벌한단 말이오. 다시 한 번 더 생각해 봄이 어떠하오."

27
자식은 바꾸어서 가르친다

공손추왈　　　군자지불교자　　　하야　　　　맹자왈　　세불행야
公孫丑曰 君子之不敎子는 何也잇고 孟子曰 勢不行也니라.

교자　　　필이정　　　　이정불행　　　　계지이노　　　　계지이노
敎子는 必以正이니 以正不行이어든 繼之以怒하고 繼之以怒면

즉반이의　　　　부자교아이정　　　부자　　　미출어정야
則反夷矣니 夫子敎我以正하시되 夫子도 未出於正也라 하면

즉시부자상이야　　　부자상이　　즉악의　　　　고자
則是父子相夷也니 父子相以 則惡矣니라. 古者엔

역자이교지　　　　부자지간　　　불책선　　　책선즉리
易子而敎之하니라. 父子之間에는 不責善이니 責善則離하니

이즉불상　　　　막대언
離則不祥이 莫大焉이니라.

해 석　공손추(公孫丑)가 말하였다.

"군자가 자기 자식을 가르치지 않는 이유는 무엇입니까?"

하니, 맹자(孟子)가 대답였다.

"형편상 되지 않는 것이다. 가르치는 사람은 반드시 정도(正道)를 걸어가야 하는데 그 길에서 벗어나면 아버지가 노하게 되고, 노하게 되면 오히려 해롭기 때문이다. '아버지가 나를 정도로써

가르치지만 아버지도 반드시 정도를 행하지만은 않는다'고 하게 되면 이것은 아버지와 아들이 서로 해로운 것이니, 아버지와 아들이 둘 다 해로우면 좋지 않은 것이다. 그런 연유로 우리 선조께서는 서로 자식을 바꾸어 가르쳤다고 한다. 아버지와 아들 간에는 선을 요구할 수 없다. 선을 요구하게 되면 마음이 떠나므로, 부자간에 마음이 떠나면 이보다 상서롭지 못한 일이 없기 때문이다."

♣ 한자 익히기

勢:형세 세 繼:이을 계 怒:성낼 노 夷:깎을 이, 상할 이 易:바꿀 역, 쉬울 이 責:맡을 책 離:떠날 리 祥:상서 상 焉:어조사 언

♠ 뜻풀이

*易子以敎(역자이교):자식을 바꾸어서 가르침
*相夷(상이):서로 상(傷)함
*責善(책선):선을 권함
*不祥(불상):상서롭지 못함

28
어리석은 자식은 예의를 모른다

백시랑　　면자문　왈　유전불경　　창름허　　　유서불교
白侍郎이 勉子文 曰 有田不耕이면 倉廩虛하고 有書不敎면

자손우　　창름허혜　　세월핍　　자손우혜　　예의소
子孫愚라. 倉廩虛兮여 歲月乏이요 子孫愚兮여 禮義疎로다.

약유불경여불교　　　시내부형지과여
若惟不耕與不敎면 是乃父兄之過歟니라.

해 석　백시랑이 아들 문에게 이렇게 타일렀다.

"논밭을 두고도 농사를 짓지 않으면 창고가 비게 되고, 책이 있는데도 가르치지 않으면 자손이 어리석게 된다. 창고가 비면 한 해 먹고 살기가 부족하고, 자손이 어리석으면 예의가 없게 된다. 만약 농사 짓지 않고 가르치지 않는다면, 이는 부형의 허물이 아니겠는가?"

♣ 한자 익히기

白:흰 백　侍:모실 시　耕:갈 경　倉:창고 창　廩:곳집 름　虛:빌 허, 모자랄 허　乏:모자랄 핍　歟:의문사 여

♠ 뜻풀이

*白侍郎(백시랑):시랑 벼슬을 지낸 백씨. 자세한 내용은 알려져 있지 않음
*倉廩(창름):倉庫(창고)

29
애써 배움을 청하라

해 석 사마온공이 말하였다.

"아들을 키우면서 가르치지 않는 것은 아버지의 허물이요, 훈도를 엄하게 하지 않는 것은 스승이 게을러서이지만, 스승이 엄하고 아버지가 가르치는데도 학문을 이루지 못한 것은 아들의 죄이다. 따뜻한 옷을 입고 배불리 먹으면서 사람들 틈에서 웃고 즐기면 높이 오르려 한들 하류에도 미치지 못하고, 조금만 현명한 사람을 만난다 해도 응대를 하지 못한다. 후생들에게 격려하노니, 애써 가르침 받기를 청하여 훌륭한 스승에게 배워 몽매한 자신이 되지 말라. 하루아침에 청운의 꿈을 품고 벼슬길에 오르면 이름 있는 후배들이 선배라고 부를 것이요, 만약 아직 미혼(未婚)이라면 저절로 가인이 결혼하고자 할 것이다. 격려하노니, 일찍이 학문에 힘을 써 노후에 헛된 후회에 잠기지 말라."

♣ 한자 익히기

導:이끌 도　惰:게으를 타　煖:따뜻할 난　飽:배부를 포　塊:덩이 괴
稍:조금 초　勉:힘쓸 면　誨:가르칠 회　配:짝 배

♠ 뜻풀이

*訓導(훈도):가르쳐서 인도함
*人倫(인륜):사람의 무리. 사람이 지켜야 할 윤리
*土塊(토괴):흙덩어리
*雲路(운로):벼슬길
*亞等(아등):후배(後輩)
*勉旃(면전):힘씀. 격려함

30
출세의 근본도 효(孝)

자왈 　　입신유의이효위본 　　　　상기유례이애위본
子曰 立身有義而孝爲本이요 喪紀有禮而哀爲本이요

전진유렬이용위본 　　　　치정유리이농위본
戰陣有列而勇爲本이요 治政有理而農爲本이요

거국유도이사위본 　　　　생재유시이역위본
居國有道而嗣爲本이요 生財有時而力爲本이니라.

해 석 공자가 말하였다.

"입신(立身)에는 의(義)가 담겨 있어야 하는데 효가 근본이 되고, 상기(喪紀)에는 예가 있어야 하는데 슬픔이 근본이 되고, 전쟁터에서는 열(列)을 맞추어야 하는데 용감함이 근본이 되어야 하고, 나라에는 도(道)가 있어야 하니 세자(世子)가 근본이 되고, 생재(生財)에는 시기가 있어야 하며 애씀을 근본으로 해야 한다."

♣ 한자 익히기

義:옳을 의 喪:초상 상 紀:법 기 哀:슬플 애 戰:싸울 전 陣:진영 진 勇:용맹할 용 農:농사 농 嗣:뒤이을 사

♠ 뜻풀이

*喪紀(상기):상을 당해서의 일
*居國(거국):나라 안에 있음

31
하늘도 감동한 손순의 효행

손순 가빈 여기처 용작인가이양모
孫順이 家貧하여 與其妻로 傭作人家以養母할새

유아매탈모식 순 위처왈 아탈모식 아
有兒每奪母食이라. 順이 謂妻曰, 兒奪母食하니 兒는

가득 모난재구 내부아왕귀취산북교
可得이어니와 母難再求라 하고 乃負兒往歸醉山北郊하여

욕매굴지 홀유심기석종 경괴시당지
欲埋掘地러니 忽有甚奇石鐘이어늘 驚怪試撞之하니

용용가애 처왈 득차기물 태아지복 매지불가
舂容可愛라. 妻曰, 得此奇物은 殆兒之福이라. 埋之不可라 하니

순이위연 장아여종환가 현어양당지 왕
順以爲然하여 將兒與鐘還家하여 懸於梁撞之러니 王이

문종성청원이상이핵문기실 왈석 곽거매자
聞鐘聲淸遠異常而覈聞其實하고 日昔에 郭巨埋子엔

천사금부 금손순 매아 지출석종
天賜金釜러니 今孫順이 埋兒엔 地出石鐘하니

전후부동 사가일구 세급미오십석
前後符同이라 하고 賜家一區하고 歲給米五十石하니라.

 손순은 집이 가난하여 아내와 함께 남의 집에서 품팔이를 하여 부모님을 봉양하였다. 그런데 어린 손자가 매일 할머니의 밥을 빼앗아 먹었다. 손순이 아내에게 말하길,

"아이가 저렇듯 어머니의 밥을 먹어 버리는데 대책이 없구려. 아이는 다시 낳으면 되지만 어머니는 다시 모시기 어렵잖소."

하고는 아이를 업고 취산 북쪽 교외로 가서 땅을 파고 묻으려 하였다. 그런데 갑자기 매우 진기하게 생긴 돌종이 나와 놀라서 시험 삼아 두드렸더니, 그 소리가 은은하여 듣기 좋았다.

"이런 기이한 물건을 얻은 것은 이 아이의 복이니, 아이를 파묻어서는 안 됩니다."

라고 아내가 말하였다.

손순도 그렇게 생각하고 아이를 데리고 종을 갖고 집으로 돌아와 들보에 걸어놓고 쳤다. 왕이 종소리를 이상하게 여겨 그 사실을 조사하여 아뢰게 하였다. 손순의 사연을 들은 왕은 말하기를,

"옛날에 곽거가 아들을 묻었더니 하늘이 가마솥을 내려 주었는데 이제 손순이 아이를 묻자 땅에서 돌종이 나왔으니, 앞뒤의 일이 서로 부합한다."

하면서 집 한 채를 내리고 해마다 쌀 50석을 하사했다.

♣ 한자 익히기

奪:빼앗을 탈 實:열매 실 埋:묻을 매 撞:칠 당 給:넉넉할 급

♣ 뜻풀이

*郭巨(곽거):한나라 때 사람. 그의 아이가 어머니의 음식을 빼앗아 먹으므로 땅에 묻으려 할 때 땅속에서 황금으로 된 솥 하나가 나왔는데, 그 솥 위에 '하늘이 곽거에게 준다' 라고 쓰여 있었다는 고사가 전해진다

32
허벅지 살을 베어 부모를 봉양한 상덕의 효행

상덕 치년황여역 부모기병빈사 상덕
尚德이 值年荒癘疫하여 父母飢病濱死라. 尚德이

일야불해의 진성안위 무이위양즉규비육사지
日夜不解衣하고 盡誠安慰하되 無以爲養則刲髀肉食之하고

모발옹 연지즉유 왕 가지 사뢰심후
母發癰에 吮之卽癒라. 王이 嘉之하여 賜賚甚厚하고

명정기문 입석기사
命旌其門하고 立石紀事하니라.

해석 상덕이 흉년과 전염병이 돌 때를 당하여 부모가 굶주려 거의 죽게 되었다. 상덕이 밤낮으로 옷을 벗지 않고 정성으로 모시는데 봉양할 길이 없으면 자신의 허벅지 살을 베어 잡숫게 하고 어머니에게 종기가 나자 입으로 빨아 낫게 하였다.

그 사실을 안 왕이 정성을 갸륵히 여겨 물품을 풍족히 내려 주고 정문(旌門)을 명하고 비석을 세워 그 일을 기록하게 하였다.

♣ 한자 익히기

値:당할 치 荒:거칠 황 癘:돌림병 려 疫:질병 역 飢:굶주릴 기
濱:물가 빈 衣:옷 의 盡:다할 진 慰:위로할 위 刲:벨 규 癰:등창 옹 吮:빨 연 嘉:아름다울 가

♠ 뜻풀이

*尙德(상덕):신라 경덕왕 때 사람
*年荒(연황):흉년
*癘疫(여역):전염병
*飢病濱死(기병빈사):굶주리고 병들어 거의 죽게 됨

*飢病濱死(기병빈사):굶주리고 병들어 거의 죽게 됨

33
어머니에게 홍시를 구해 드린 도씨의 효심

도씨가빈지효 매탄매육 무궐모찬 일일
都氏家貧至孝라. 賣炭買肉하여 無闕母饌이러라. 一日은

어시 만이망귀 연홀확육 도비호지가
於市에 晚而忙歸러니 鳶忽攫肉이어늘 都悲號至家하니

연기투육어정 일일 모병색비시지홍시
鳶旣投肉於庭이러라. 一日 母病索非時之紅柿어늘

도방황시림 불각일혼 유호누차전로
都彷徨柿林하여 不覺日昏이러니 有虎屢遮前路하고

이시승의 도승지백여리산촌 방인가투숙 아이주인
以示乘意라. 都乘至百餘里山村 訪人家投宿이러니 俄而主人이

괴제반이유홍시 도 희 문시지내력 차술기의
饋祭飯而有紅柿라. 都가 喜 問柿之來歷하고 且述己意한대

답왈 망부기시고 매추 택시이백개 장저굴중
答曰, 亡父嗜柿故로 每秋 擇柿二百個하여 藏諸窟中

이지차오월즉완자불과칠팔 금득오십개완자고
而至此五月則完者不過七八이라 今得五十個完者故로

심이지 시천감군효 유이이십과
心異之러니 是天感君孝라 하고 遺以二十顆어늘

도사출문외 호상사복 승지가 효계악악
都謝出門外하니 虎尙俟伏이라. 乘至家하니 曉鷄喔喔이러라.

후 모이천명 종 도유혈루
後에 母以天命으로 終에 都有血淚러라.

 도씨라는 사람은 가난하였지만 지극히 효성스러웠다. 숯을 팔아 고기를 사서 어머니의 반찬을 거르는 일이 없었다. 하루는 시장에서 늦어 바삐 귀가를 하는데 매가 순식간에 들고 오던 고기를 낚아채 갔다. 도씨는 슬피 울면서 집에 이르렀는데, 매가 이미 그 고기를 뜰에 던져 놓고 갔었다. 하루는 병든 어머니가 철 아닌 홍시를 찾거늘 도씨가 감나무 숲을 방황하던 중 어느 새 날이 저물었는데, 호랑이가 여러 번 앞길을 막고 타라는 뜻을 나타냈다. 도씨가 그 호랑이를 타고서 1백여 리 되는 산골 마을에 이르러 인가(人家)를 찾아가 자는데, 주인이 제삿밥을 대접하는데 보니 홍시가 있었다. 도씨는 기뻐하며 홍시의 내력을 묻고 또 자기의 사정을 설명하니, 주인이 답하기를,

"돌아가신 아버님께서 감을 즐겨 드셨기에 매년 가을이면 감 2백 개를 골라서 굴속에 감추어 두지만 이 5월에 이르면 온전한 것은 일고여덟 개에 지나지 않았습니다. 금년에는 50개가 흠이 없으므로 이상하게 여겼더니, 이는 하늘이 그대의 효성에 감동한 것입니다."

하고는 20개를 주었다. 도씨가 감사를 표하고 문 밖으로 나갔더니, 호랑이가 그때까지 기다리고 있는 것이었다. 다시 호랑이를 타고 돌아오니 새벽닭이 울었다. 후에 어머니가 천수를 누리고 돌아가셨으니, 도씨는 피눈물을 흘렸다 한다.

♣ 한자 익히기

都:성씨 도, 도시 도　炭:숯 탄　闕:빠질 궐　饌:반찬 찬　晩:늦을 만
忙:바쁠 망　歸:돌아올 귀　鳶:매 연　攫:나꿔챌 확　悲:슬플 비　投:던

질 투 庭:뜰 정 索:찾을 색 紅:붉을 홍 彷:헤맬 방 徨:헤맬 황 柿:
감 시 昏:어두울 혼 屢:자주 루 遮:가로막을 차 路:길 로 乘:탈 승
訪:찾을 방 宿:잠잘 숙 俄:잠깐 아 饋:대접할 궤 歷:지낼 력 嗜:좋
아할 기 藏:갈무리 장 窟:굴 굴 遺:보낼 유 個:낱개 개 謝:감사할
사

제 2 부

젊어서 학문에 힘쓰지 않으면 미래가 없다

1
배움의 때를 놓치지 말라

해 석 공자가 말하였다.

"배움은 따라가지 못할 듯이 하면서도 행여 때를 잃을까 염려해야 하느니라."

♣ 한자 익히기

學:배울 학 如:같을 여 及:미칠 급 惟:오직 유 恐:두려울 공 失:잃을 실

2
젊은 날 배움에 힘쓰지 않으면

徽宗皇帝가 曰 學者는 如禾如稻하고 不學者는 如蒿如草로다.

如禾如稻兮여 國之精糧이요 世之大寶로다. 如蒿如草兮여

耕者憎嫌하고 鋤者煩惱이 他日面墙에 悔之已老로다.

해 석　휘종 황제가 말하였다.

"배운 자는 벼와 같고, 배우지 않은 자는 쑥대 풀과 같도다. 벼
는 나라의 좋은 양식이자 세상의 큰 보배이고, 쑥대 풀은 농사
짓는 자가 미워하고 김매는 자를 괴롭힌다. 후일 담장을 마주하
듯 답답할 때 후회하지만 그때는 이미 늦었다."

♣ 한자 익히기

徽:아름다울 휘　皇:임금 황　禾:벼 화　稻:벼 도　蒿:쑥 호　糧:양식
량　耕:갈 경　憎:미워할 증　嫌:싫어할 혐　鋤:김맬 서　墙:담 장

♠ 뜻풀이

*徽宗皇帝(휘종 황제, 1082~1135):중국 송(宋)나라의 황제

*憎嫌(증혐):미워하고 싫어함

*面墙(면장):담장을 마주함. 무식함을 이르는 말

3
학문은 몸에 지니는 보배라

해 석 주문공(朱文公)이 말하였다.

"집안이 가난하다고 해서 가난함으로 인해 학문을 중단해서는 안 되며, 집안이 부자라고 하여 부자임을 믿고 학문을 게을리해서는 안 된다. 가난한데도 학문에 부지런하면 명성이 빛나게 된다. 오직 학문하는 자가 유명해지고 벼슬이 높아지는 것을 보았을 뿐 학문한 자가 성공하지 못한 것은 보지 못하였다. 학문이란 바로 몸에 지니는 보배요, 배운 자는 바로 세상의 보배이다. 그러므로 학문을 하면 곧 군자(君子)가 되고, 학문을 하지 않으면 소인(小人)이 되니, 후세의 학자는 마땅히 힘써야 할 것이다."

♣ 한자 익히기

朱:성씨 주, 붉을 주　貧:가난할 빈　廢:폐할 폐　恃:믿을 시　怠:게으를 태　勤:부지런할 근　顯:나타날 현　寶:보배 보　珍:보배 진　宜:마땅 의　勉:힘쓸 면

♠ 뜻풀이

*朱文公(주문공):중국 송(宋)나라의 학자 주희(朱熹). 흔히 주자(朱子)로 부른다
*廢學(폐학):학문을 그만둠
*怠學(태학):학문을 게을리 함
*顯達(현달):유명해지고 벼슬이 높아짐

4
아는 것이 힘이다

해 석 태공(太公)이 말하였다.

"사람이 배우지 않으면 마치 캄캄한 밤길을 가는 것과 같다."

♣ 한자 익히기

學:배울 학 如:같을 여 冥:어두울 명 夜:밤 야 行:다닐 행

5
옥도 다듬어야 보배가 된다

해 석 《예기(禮記)》에 말하였다.

"옥은 갈아 쪼지 않으면 그릇을 만들지 못하고, 사람이 배우지 않으면 도(道)를 모른다."

♣ 한자 익히기

琢:쪼을 탁 器:그릇 기

♠ 뜻풀이

*禮記(예기):유교 경전의 하나로, 예(禮)를 해설하는 내용이 담겨 있다

6
배워서 지혜로워지면

莊子曰 人之不學은 如登天而無術하고 學而智遠이면

如披祥雲而覩靑天하고 登高山而望四海니라.

해 석 장자(莊子)가 말하였다.

"사람이 배우지 않는 것은 하늘을 오르려는데 방법이 없는 것과 같고, 배워서 지혜가 많아지면 상서로운 구름을 헤치고 푸른 하늘을 보며 높은 산에 올라가 사해(四海)를 바라보는 것과 같다."

♣ 한자 익히기

術:기술 술 智:지혜 지 遠:멀 원 披:헤칠 피 祥:상서 상 覩:볼 도
望:바라볼 망

7
널리 배우고 뜻을 돈독히 하라

자하왈　　박학이독지　　　절문이근사　　　인재기중의

子夏曰 博學而篤志하고 切問而近思면 仁在其中矣니라.

해 석 자하(子夏)가 말하였다.

"널리 배우고 뜻을 독실히 하며, 절실하게 묻고 현실적인 것을 생각하면, 인(仁)이 그 가운데에 있다."

♣ **한자 익히기**

博:넓을 박　篤:돈독할 독　切:간절할 절, 모두 체　近:가까울 근　思: 생각 사　仁:어질 인

♠ **뜻풀이**

*博學(박학):널리 배움

*篤志(독지):뜻을 돈독히 함

*切問(절문):간절히 물음

*近思(근사):현실에 가까운 것을 생각함

8
학문을 좋아하라

해 석 공자가 말하였다.

"독실하게 믿으면서도 학문을 좋아하고, 목숨을 다해 지키면서도 도(道)를 잘해야 한다."

♣ 한자 익히기

篤:돈독할 독 信:믿을 신 守:지킬 수 道:도리 도, 길 도

♠ 뜻풀이

*篤信(독신):도(道)가 좋은 것임을 독실하게 믿음
*守死(수사):죽음으로써 도를 지킴

9
젊어서 배우지 않으면 늙어서 후회한다

해 석 　구래공(寇萊公)의 《육회명(六悔銘)》에 말하였다.

"관청 일을 하면서 사심을 따르면 벼슬을 잃은 뒤에 후회하고, 부유할 때 절약해서 쓰지 않으면 가난해진 후에 후회하고, 젊어서 기예(技藝)를 배우지 않으면 때가 지난 후에 후회하고, 일을 보고도 배우지 않으면 일을 할 때에 후회하고, 술에 취해 미친 소리를 하면 깬 후에 후회하고, 편안할 때 휴식하지 않으면 병이 나서 후회하게 된다."

♣ 한자 익히기

寇:도적 구, 성 구　萊:명아주 래　銘:새길 명, 명심할 명　私:개인 사
曲:굽을 곡　悔:후회할 회　儉:검소할 검　藝:기예 예　醉:술 취할 취
狂:미칠 광　息:쉴 식

"

재미있는 이야기

조선 숙종 때 좌의정을 지낸 민정중(閔鼎重)은 술을 매우 좋아했다. 한 번은 동생 민유중(閔維重)과 함께 강원 감사로 있는 아버지를 찾아갔다. 이때 아버지는 술을 지나치게 좋아하는 두 형제가 걱정되어 하인들에게 술을 일체 내놓지 말라고 일러 놓을 정도였다.

어느 날 서울에서 민정중은 이조 참판에, 민유중은 부제학에 임명한다는 임금의 부름이 왔다. 아버지는 높은 벼슬로 서울에 가는 두 아들이 자랑스러워 떠나기 전날 밤에야 술을 내려 잔치를 열었다. 오랜만에 크게 취한 두 형제는 계속 술을 찾았다.

"대감 어른께서 더는 술을 내가지 말라는 분부이시니, 저희들도 어쩔 수 없습니다."

두 형제는 이미 만취된 상태라 감사가 아버지란 사실을 잊고 안에다 대고 이렇게 호통을 쳤다.

"그래, 너희 감사는 임금이 보낸 별성 행차(別星行次)를 이리 푸대접해도 좋단 말이냐?"

이튿날 술이 깬 후 하인에게서 어젯밤 실수를 들은 두 형제는 마당에 거적을 깔고 머리를 조아리며 사죄했다. 아버지는 벌써 아들들의 무례를 잊고 있던 터라 빙그레 웃으며 지나친 음주를 삼가라고 타일렀다.

10
음란한 음악은 총명을 해친다

예기　왈　군자　　간성난색　　불류총명　　　음악특례

禮記에 曰 君子는 姦聲亂色을 不留聰明하며 淫樂慝禮를

부접심술　　　타만사벽지기　　불설어신체

不接心術하며 惰慢邪辟之氣를 不設於身體하여

사이목비구심지백체개유순정　　　이행기의

使耳目鼻口心知百體皆由順正하여 以行其義니라.

해 석　《예기(禮記)》에 말하였다.

"군자는 간사한 소리와 여색(女色)을 눈과 귀에 담아 두지 않으며, 음란한 음악과 나쁜 예(禮)를 마음에 접하지 않으며, 게으르고 사악한 기운을 몸에 두지 않아서 이목구비(耳目口鼻), 심지(心知), 백체(百體)가 모두 순하고 바르도록 하여 그 의(義)를 행해야 한다."

♣ 한자 익히기

禮:예의 례　姦:간사할 간　聲:소리 성　聰:귀밝을 총

♣ 뜻풀이

*姦聲亂色(간성난색):간사한 소리와 여색(女色)

*慝禮(특례):잘못된 예. 도리에 어긋난 예

11
근본적인 것과 지엽적인 것

경신록 운 성세획생 시각촌음승척벽
警身錄에 云 聖世獲生하여 始覺寸陰勝尺璧하니

기불거사종정 석신중명 여인미력어사
豈不去邪從正하며 惜身重命이리오. 如人未歷於事인댄

당명근엽지이 화복지수 근엽자 현량독행
當明根葉之異와 禍福之殊니라. 根葉者는 賢良篤行이니

신위본 정직강의지엽야 부모기신 성위본
信爲本이요 正直剛毅枝葉也며 父母己身은 性爲本이요

처자재물 지엽야 일가지내 양위본 불급지물
妻子財物은 枝葉也며 一家之內 粮爲本이요 不急之物은

지엽야 면욕면형 인위본 의재고력지엽야
枝葉也며 免辱免刑은 仁爲本이요 倚財靠力枝葉也며

질병욕전 약위본 신복실의 지엽야 만사 무과
疾病欲痊은 藥爲本이요 信卜失醫는 枝葉也며 萬事는 無過요

실 위본 교언장식 지엽야 은친현량 경위본
實이 爲本이요 巧言粧飾은 枝葉也며 恩親賢良은 敬爲本이요

사호지인 지엽야 의손포난 업위본 부탕지재
私好之人은 枝葉也며 衣飱飽煖은 業爲本이요 浮蕩之財는

지엽야 위관치송 법위본 자의의단 지엽야
枝葉也며 爲官治訟은 法爲本이요 恣意疑斷은 枝葉也니라.

시고　　　유근무엽　　　　가이대시　　　　　유엽무근
是故로 有根無葉이면 可以待時어니와 有葉無根이면

　　감우소불능활야　　　　약무본업　　　근근검용
甘雨所不能活也니라. 若務本業하여 勤謹儉用하고

　　수시지족　　　효양부모　　　계어쟁투　　　수분안신
隨時知足하며 孝養父母하고 誡於爭鬪하며 守分安身하고

　　원악근선　　　지과필개　　　조오장이피한서　　불필문명
遠惡近善하며 知過必改하고 調五臟以避寒暑하여 不必問命이면

　　차진복야
此眞福也니라.

해 석 《경신록(警身錄)》에 말하였다.

"태평한 시대에 태어나 비로소 짧은 시간이 큰 구슬보다 낫다는 것을 깨달았으니, 어찌 사(邪)를 버리고 정(正)을 따르고, 몸을 아끼고 목숨을 중히 여기지 않겠는가? 만약에 사람이 일을 겪어 보지 않았다면 마땅히 근본(根本)과 지엽(枝葉)이 다르며 화(禍)와 복(福)이 다르다는 것을 밝게 알아야 한다. 근본과 지엽이란 이러하다. 어질고 독실하게 행동하는 것은 신(信)이 근본이 되고, 정직(正直)과 강의(剛毅)가 지엽이 된다. 부모와 자기에게는 성품(性稟)이 근본이 되며, 처자와 재물은 지엽이다. 욕(辱)을 면하고 형벌(刑罰)을 면하는 데는 인(仁)이 근본이 되며, 재물에 의지하고 힘에 의지하는 것은 지엽이다. 질병을 낫게 하는 데는

약(藥)이 근본이 되며, 점(占)을 믿고 의원을 부르지 않는 것은 지엽이다. 모든 일은 과실(過失)이 없는 것이 근본이 되며, 말을 잘하는 것과 잘 꾸미는 것은 지엽이다. 은친(恩親)과 현량(賢良)은 존경이 근본이 되며, 사사로이 좋아하는 사람은 지엽이다. 배불리 먹고 따뜻하게 입는 것은 직업이 근본이 되며, 분에 넘치는 재물은 지엽이다. 관리가 되어 송사(訟事)를 할 때는 법(法)이 근본이 되고, 자기 멋대로 의심스러운 것을 결단하는 것은 지엽이다. 그러므로 근본만 있고 지엽이 없을 경우에는 때를 기다리면 되지만, 지엽만 있고 근본이 없으면 단비로도 살릴 수가 없다. 본업(本業)에 힘쓰며 부지런하고 절약해서 쓰고, 때에 따라 만족함을 알고, 부모를 효로써 봉양하고, 남과 싸우는 것을 경계하고, 분수를 지키고 몸을 편안히 하고, 악을 멀리 하고 선을 가까이 하며, 허물을 알면 반드시 고치고, 오장(五臟)을 조절하여 추위와 더위를 피하며, 필요없이 앞으로의 운명을 묻지 않는다면 이야말로 참다운 복이라 할 것이다.”

♣ 한자 익히기

警:경계할 경　獲:얻을 획　覺:깨달을 각　璧:구슬 벽　邪:간사할 사
惜:아낄 석　葉:잎 엽　剛:굳셀 강　毅:굳셀 의　依:기댈 의　靠:의지할 고　痊:병 나을 전　粧:꾸밀 장　飾:꾸밀 식　飽:배부를 포　煖:따뜻할 난　勤:부지런할 근　謹:삼갈 근　爭:다툴 쟁　鬪:싸울 투

♠ 뜻풀이

*尺璧(척벽):지름이 한 자나 되는 큰 구슬
*賢良篤行(현량독행):어질고 독실하게 행함
*浮蕩之財(부탕지재):분수에 넘치는 재물

12
충고를 들으면 기뻐하라

해 석 자로(子路)는 허물을 들으면 기뻐하고, 우(禹) 임금은 선한 말을 들으면 절을 하였다.

♣ 한자 익히기

聞:들을 문 過:허물 과 禹:우임금 우 拜:절 배

♠ 뜻풀이

*禹(우):중국 상고시대의 임금
*子路(자로):공자의 제자

13
몸과 마음의 건강

해 석 손진인(孫眞人)의 《양생명(養生銘)》에 말하였다.

"노여움이 심하면 기운을 해치게 되고, 생각이 많으면 정신을 손상시킨다. 정신이 피로하면 마음이 쉬이 수고롭게 되고, 기운이 약해지면 질병이 서로 잇따르게 된다. 슬픔과 기쁨이 극에 달하게 하지 말고, 마땅히 음식을 고루 먹고, 거푸 사흘 밤 술 취하는 일이 없도록 하며, 무엇보다 새벽에 화내는 것을 경계해야 한다.

♣ 한자 익히기

孫:성씨 손, 손자 손　眞:참 진　養:기를 양　偏:치우칠 편　損:덜 손
疲:지칠 피　極:끝 극　飮:마실 음　均:고를 균　醉:취할 취　晨:새벽 신

14
옛 학문을 배워라

해 석 순자가 말하였다.

"높은 산에 오르지 않으면 하늘이 높다는 것을 모르며, 깊은 골짜기에 가 보지 않으면 땅이 두텁다는 것을 모른다. 선왕이 남긴 말을 듣지 않으면 학문이 크다는 것을 알지 못한다.

♣ 한자 익히기

登:오를 등 臨:가까이 갈 림 谿:골짜기 계 厚:두터울 후 遺:남길 유

15
과거는 미래의 거울이다

欲知未來인댄 先察已然이니라.

해 석 미래의 일을 알고자 하거든 먼저 지난 일을 살펴라.

♣ 한자 익히기

欲:하고자 할 욕 察:살필 찰 已:이미 이 然:그럴 연

16
바다에 가지 않으면 파도를 모른다

해 석 공자가 말하였다.

"높은 언덕을 보지 않으면 어떻게 추락하는 근심을 알 것이며, 깊은 샘에 다다라 보지 않으면 어떻게 빠지는 근심을 알겠으며, 큰 바다를 보지 않으면 어찌 풍파의 근심을 알겠는가?"

♣ 한자 익히기

觀:볼 관　崖:언덕 애, 절벽 애　顚:넘어질 전　墜:떨어질 추　患:근심 환　泉:샘 천　溺:빠질 익　巨:클 거　海:바다 해　知:알 지　波:파도 파

♠ 뜻풀이

*高崖(고애):높은 절벽. 낭떠러지
*顚墜(전추):넘어져 떨어짐
*深泉(심천):깊은 샘
*沒溺(몰익):빠짐

17
도(道)를 모르면 죽은 것과 같다

子曰 朝聞道면 夕死可矣니라.

해 석 공자가 말하였다.

"아침에 도(道)를 들으면 저녁에 죽어도 괜찮다."

♣ 한자 익히기

朝:아침 조 矣:어조사 의

18
과거를 보면 지금을 알 수 있다

해 석 공자가 말하였다.

"밝은 거울로는 모습을 살펴보고, 지나간 일로는 지금을 알 수 있다."

♣ 한자 익히기

鏡:거울 경 察:살필 찰 形:형상 형 往:갈 왕 今:이제 금

♠ 뜻풀이

*明鏡(명경):밝은 거울

*察形(찰형):모습을 살펴봄

*往古(왕고):과거

19
공명(功名)을 좋아하지 말라

해 석　《경행록(景行錄)》에 말하였다.

"식색(食色)과 재화(財貨)의 이익을 좋아하는 자는 기개가 반드시 인색하고, 공명(功名)과 사업(事業)을 좋아하는 자는 기개가 반드시 교만하다."

♣ 한자 익히기

色:빛 색　貨:재화 화　吝:아낄 린　驕:교만할 교

♠ 뜻풀이

*食色(식색):음식과 성욕(性慾)

*貨利(화리):재물과 이익

*功名(공명):공을 세워 명성을 떨치려는 마음

20
향기는 감추어도 드러난다

有麝自然香이니 何必當風立가.

해 석 사향(麝香)이 있으면 저절로 향기가 나게 마련인데, 어찌 반드시 바람 앞에 서야 하겠는가?

♣ 한자 익히기

麝:사향 사 香:향기 향 風:바람 풍 立:설 립

21
맑은 물에는 고기가 없다

해 석 《공자가어(孔子家語)》에 말하였다.

"물이 너무 맑으면 고기가 없고, 사람이 너무 살피면 무리가 없다.

♣ 한자 익히기

至:이를 지 淸:맑을 청 魚:고기 어 察:살필 찰 徒:무리 도

22
한 마디 말이 황금보다 귀하다

해 석 천 냥의 황금이 귀할 것이 없고, 한 사람의 훌륭한 말을 얻는 것이 천금보다 낫다.

♣ 한자 익히기

黃:누를 황, 성씨 황 兩:냥 량(1근의 10분의 1) 貴:귀할 귀 勝:나을 승

재미있는 이야기

전국시대 때 연(燕)나라는 여러 강대국에게 갖은 모욕과 시련을 겪어야 했다. 소왕(昭王)이 즉위하자, 어떻게든 나라를 강성하게 하여 주변 나라들에게 복수하고자 했다. 그러려면 우선 어진 사람을 많이 초빙해 그들의 가르침을 받아야 했다. 소왕은 나라 안에서 가장 어질다는 곽외(郭隗)라는 사람을 찾아가 상의했다.

"약한 우리 연나라를 부강하게 하여 치욕을 씻고자 하는데, 누가 그런 일을 감당할 수 있는지 추천해 주시면 제가 나라의 스승으로 모시겠습니다."

소왕의 말을 들은 곽외는 엉뚱한 이야기를 시작했다.

"옛날 어떤 임금이 하루에 천 리를 달리는 말을 구하려고 온 나라에 광고를 했으나 3년이 되도록 구하지 못하였습니다. 그때 한 사람이 자기에게 맡기면 천리마를 구해 올 수 있다고 장담하고 나섰습니다.

그래서 그 사람을 보냈더니 3개월 만에 돌아와 천리마는 구하지 못하고 천리마의 머리뼈만을 절반 값에 구했다고 보고했습니다. 왕이 노하여 꾸짖었지요. '아니 죽은 말뼈다귀를 어디에 쓰려고 500금이나 주고 샀단 말이냐?' 그 사람은 이렇게 대답했습니다. '두고 보십시오. 죽은 말의 뼈도 500금을 주고 샀다는 말이 퍼지면 살아 있는 천리마를 가진 사람이 어찌 팔려고 오지 않겠습니까?' 과연 1년이 못 되어 그 임금은 천리마 두 필을 살 수 있었다고 합니다."

소왕은 곽외가 무슨 말을 하고 있는지 몰라 물었다.

"선생은 지금 과인이 묻는 인재에 대한 이야기는 안 하시고 말 이야기는 왜 하십니까?"

"그래도 모르시겠습니까? 대왕께서 참으로 인재를 구하시고자 한다면 먼저 나라 안에 있는 인재부터 우대하여 쓰시고, 그러려면 그보다 먼저 이 곽외부터 중용하십시오. 그러면 온 세상 사람들이 '곽외처럼 하찮은 인물도 왕이 저처럼 중용하니, 그보다 나은 나는 더 말할 것도 없을 것이다.' 하여 온 천하의 인재들이 구름같이 몰려올 것입니다."

소왕은 그의 말대로 곽외를 위해 좋은 집을 짓고 스승으로 모셨다. 그랬더니 그때부터 천하의 인재가 몰려와 나라를 부흥시킬 수가 있었다.

23
봄에 씨 뿌리지 않으면 추수할 게 없다

해석 공자의 삼계도(三計圖)에 말하였다.

"일생의 계획은 어렸을 때에 있고, 일 년의 계획은 봄에 있으며, 하루의 계획은 새벽에 있다. 어려서 배우지 않으면 늙어서 아는 바가 없게 되고, 봄에 경작하지 않으면 가을에 바랄 것이 없고, 새벽에 일어나지 않으면 그날 아무 일도 하지 못하게 된다."

♣ 한자 익히기

計:꾀 계　幼:어릴 유　春:봄 춘　寅:새벽 인　老:늙을 로　耕:밭갈 경
秋:가을 추　望:바랄 망　辦:갖출 판, 힘쓸 판

"

부자가 못 되는 이유

무왕　　문태공왈　　인거세상　　　하득귀천빈부부등
武王이 問太公曰, 人居世上에 何得貴賤貧富不等고.

원문설지　　　욕지시의　　　태공　왈　부귀
願聞說之하여 欲知是矣로다. 太公이 曰, 富貴는

여성인지덕　　　개유천명　　　부자　용지유절
如聖人之德하여 皆由天命이어니와 富者는 用之有節하고

불부자　　가유십도
不富者는 家有十盜이니라.

무왕　왈　하위십도　　태공　왈　시숙불수　　위일도
武王이 曰, 何謂十盜오. 太公이 曰, 時熟不收가 爲一盜요

수적불료　　위이도　　무사연등침수　　위삼도　　용나불경
收積不了가 爲二盜요 無事燃燈寢睡가 爲三盜요 慵懶不耕이

위사도　　불시공력　　위오도　　전행교해　　위육도
爲四盜요 不施功力이 爲五盜요 專行巧害가 爲六盜요

양녀태다　　위칠도　　주면나기　　위팔도　　탐주기욕
養女太多가 爲七盜요 晝眠懶起가 爲八盜요 貪酒嗜慾이

위구도　　강행질투　　위십도
爲九盜요 强行嫉妬가 爲十盜니이다.

무왕　왈　가무십도이불부자　　하여　　태공　왈　인가
武王이 曰, 家無十盜而不富者는 何如닛고. 太公이 曰, 人家에

필유삼모　　　　　　무왕　왈　하명삼모　　태공　왈
必有三耗이니다. 武王이 曰, 何名三耗오. 太公이 曰,

창고누람불개　　　　서작난식　　위일모　　수종실시　　위이모
倉庫漏濫不蓋하여 鼠雀亂食이 爲一耗요 收種失時가 爲二耗요

포살미곡예천　　　위삼모
抛撒米穀穢賤이 爲三耗니이다.

무왕　왈　가무삼모이불부자　　하여　　태공　왈　인가
武王이 曰, 家無三耗而不富者는 何如닛고. 太公이 曰, 人家에

필유일착이오삼치사실오육불상칠노팔천구우십강
必有一錯二誤三痴四失五逆六不祥七奴八賤九愚十强하여

자초기화　　비천강앙　　무왕　왈　원실문지
自招其禍요 非天降殃니이다. 武王이 曰, 願悉聞之하노이다.

태공　왈　양남불교훈　위일착　　영해불훈　위이오
太公이 曰, 養男不敎訓이 爲一錯이요 嬰孩不訓이 爲二誤요

초영신부불행엄훈　　위삼치　　미어선소　　위사실
初迎新婦不行嚴訓이 爲三痴요 未語先笑가 爲四失이요

불양부모　　위오역　　야기적신　　위육불상　　호만타궁
不養父母가 爲五逆이요 夜起赤身이 爲六不祥이요 好挽他弓이

위칠노　　애기타마　　위팔천　　끽타주권타인　　위구우
爲七奴요 愛騎他馬가 爲八賤이요 喫他酒勸他人이 爲九愚요

끽타반명붕우　　위십강　　무왕　왈　심미성재　　시언야
喫他飯命朋友가 爲十强니이다. 武王이 曰, 甚美誠哉라 是言也여.

 무왕(武王)이 태공(太公)에게 묻기를,

"사람이 세상에 살면서 어찌하여 귀천(貴賤)과 빈부(貧富)가 같지 않습니까? 거기에 대한 말씀을 듣고 싶습니다."

하니, 태공이 말했다.

"부귀란 성인(聖人)의 덕(德)과 같아서 모두 천명(天命)에서 나오는 것인데, 부자는 절약해서 쓰고 부자가 못 된 자는 집에 열 가지 도둑이 있습니다."

하니, 무왕이 말하기를,

"무엇이 열 가지 도둑입니까?"

하니, 태공이 말했다.

"곡식이 익을 때가 되었는데도 거두지 않는 것이 한 가지 도둑이요, 거두어서 쌓기를 마치지 않는 것이 두 가지 도둑이요, 아무 일도 하지 않으면서 불을 켜 놓고 잠드는 것이 세 가지 도둑이요, 게을러서 갈지 않는 것이 네 가지 도둑이요, 공력(功力)을 들이지 않는 것이 다섯 가지 도둑이요, 오로지 남을 교묘히 해치기를 일삼는 것이 여섯 가지 도둑이요, 딸을 너무 많이 기르는 것이 일곱 가지 도둑이요, 낮잠을 자다 게을리 일어나는 것이 여덟 가지 도둑이요, 술을 좋아하고 욕심을 부리는 것이 아홉 가지 도둑이요, 억지로 질투를 부리는 것이 열 가지 도둑입니다."

하니, 무왕이 묻기를,

"집안에 이 열 가지 도둑이 없는데도 부자가 되지 못하는 것은 왜 그렇습니까?"

하니, 태공이 말하였다.

"사람의 집안에 반드시 세 가지 소모하는 것이 있어서입니다."

"무엇을 세 가지 소모한다는 것입니까?"

하니, 태공이 말하였다.

"창고가 새고 넘쳐도 덮지 않아서 쥐와 참새가 어지럽게 먹는 것이 한 가지 소모요, 종자(種子) 거두는 때를 잊는 것이 두 가지 소모요, 쌀을 천시하여 함부로 흘어 버리는 것이 세 가지 소모 입니다."

하니, 무왕이 말하였다.

"집안에 세 가지 소모가 없는데도 부자가 되지 못한 것은 왜 그렇습니까?

하니, 태공이 말하였다.

"집안에 반드시 첫째 어긋남, 둘째 잘못, 셋째 어리석음, 넷째 잘못, 다섯째 거슬림, 여섯째 상서롭지 못함, 일곱째 노예 근성, 여덟째 천박함, 아홉째 어리석음, 열 번째 뻔뻔함이 있어 스스로 화(禍)를 부른 것이지 하늘이 재앙을 내려서 그런 것은 아닙니다."

하니, 무왕이 말하였다.

"바라옵건대 자세히 듣고자 합니다."

하니, 태공이 말하였다.

"아들을 기르면서 가르치지 않는 것이 첫째 어긋남이요, 어린아이를 가르치지 않음이 둘째 잘못이요, 처음으로 맞이해 온 신부에게 엄한 훈계를 하지 않음이 셋째 어리석음이요, 말하기 전에 먼저 웃는 것이 넷째 잘못이요, 부모를 봉양하지 않음이 다섯째 거슬리는 것이요, 밤중에 알몸으로 일어나는 것이 여섯째 상서

룹지 못함이요, 다른 사람의 활 당기기를 좋아하는 것이 일곱째 노예 근성이요, 다른 사람의 말을 사랑하여 타는 것이 여덟째 천박함이요, 다른 사람의 술을 얻어먹으면서 남에게 권하는 것이 아홉째 어리석음이요, 다른 사람의 밥을 얻어먹으면서 친구에게 먹기를 권하는 것이 열 번째 뻔뻔하다는 것입니다."

하니, 무왕이 말하였다.

"참으로 이 말이 아름답고 좋습니다."

♣ 한자 익히기

盜:도둑 도 熟:익을 숙 收:거둘 수 燃:불태울 연 燈:등불 등 寢:잠잘 침 睡:잠잘 수 慵:게으를 용 懶:게으를 나 晝:낮 주 眠:잠잘 면 起:일어날 기 嗜:좋아할 기 嫉:미워할 질 妬:미워할 투 耗:허비할 모 抛:버릴 포 撒:흩을 살 穢:더러울 예 錯:어긋날 착 誤:잘못될 오 痴:어리석을 치 逆:어긋날 역 祥:상서 상 嬰:어릴 영 孩:아이 해 挽:당길 만 騎:말탈 기 喫:먹을 끽 朋:벗 붕 甚:매우 심

♠ 뜻풀이

*武王(무왕):중국 주(周)나라를 세운 임금
*慵懶(용나):게으름을 피움
*晝眠(주면):낮잠
*貪酒嗜慾(탐주기욕):술을 좋아하고 기호(嗜好)를 즐김
*鼠雀(서작):쥐와 참새
*嬰孩(영해):아이
*未語先笑(미어선소):말을 하기 전에 먼저 웃음
*喫他酒勸他人(끽타주권타인):남의 술을 얻어먹으면서 다른 사람에게 권함

25
일찍 일어난 새가 모이를 먹는다

해 석 《경행록》에 말하였다.

"아침에 일찍 일어나고 저녁에 늦게 자는 것을 보면 그 집안이 흥할 것인지 망할 것인지를 알 수 있다."

♣ 한자 익히기

觀:볼 관 朝:아침 조 早:이를 조 晏:늦을 안 卜:점칠 복 興:일어날 흥 替:쇠퇴할 체

♠ 뜻풀이

*朝夕之早晏(조석지조안):아침에 일찍 일어나고 저녁 늦게 잠자리에 듦
*興替(흥체):흥하고 쇠망함. 흥망(興亡)

26
남에게 존중을 받고 싶다면

해 석 만일 남이 나를 중히 여기도록 하려면 내가 남을 중히 하
는 것보다 나은 것이 없다.

♣ 한자 익히기

若:만약 약 重:무거울 중 我:나 아 過:지날 과

27
엄한 스승이 없으면 성공하기 어렵다

해 석 여형공(呂滎公)이 말하였다.

"집안에 어진 부형(父兄)이 없고, 밖에 엄한 사우(師友)가 없고도

성공한 자는 드물다."

♣ 한자 익히기

呂:성씨 여 滎:물이름 형 嚴:엄할 엄 師:스승 사 鮮:드물 선

♠ 뜻풀이

*呂滎公(여형공):중국 송(宋)나라 때 학자인 여희철(呂希哲)

28
책 읽는 즐거움

해 석 지극한 즐거움은 책을 읽는 것만 못하고, 지극한 요령은 아들을 가르치는 것만 못하다.

♣ 한자 익히기

至:이를 지, 지극할 지 讀:읽을 독 要:요령 요, 쓰일 요

29
빌린 책은 깨끗이 보라

■해■ ■석■ 《안씨가훈(顏氏家訓)》에 말하였다.

"남의 책을 빌리면 모름지기 아껴서 보호해야 하고, 먼저 해진 곳이 있으면 수선해야 하니, 이 역시 사대부(士大夫)의 여러 행실 가운데 하나이다."

♣ 한자 익히기

借:빌릴 차 典:법 전 籍:책 적 缺:이지러질 결 壞:무너질 괴 補:기울 보

재미있는 이야기

조선 세조(世祖) 때 사람 김수온(金守溫)은 글을 잘하기로 유명한 사람인데, 책을 사서 보는 법이 없고 늘 남의 것을 빌려다 보았다. 그런데 빌려 온 책을 한 장씩 찢어서 소매 속에 넣고 다니며 외우다가 다 외우면 아무곳에나 버렸다. 한 번은 친구 신숙주(申叔舟)가 임금에게 하사받은 좋은 책이 있다는 말을 듣고 그 책을 빌리러 갔다. 그러나 평소 김수온의 버릇을 잘 아는데다 워낙 아끼는 책인지라 빌려 주지 않으려 했다. 얼마간 실랑이를 하다가 깨끗이 보고 돌려주겠다는 다짐을 받은 후에 빌려 주었다. 그런데 약속한 날짜가 훨씬 지나도록 돌려주지 않자 책을 찾으러 간 신숙주는 그만 까무러칠 뻔하였다. 그 귀한 책을 한 장씩 뜯어 도배를 해 놓은 게 아닌가. 화가 잔뜩 난 신숙주가 따지고 들자 김수온은 태연스럽게 말했다.

"워낙 귀중한 책이기에 소매 속에 넣고 다닐 수가 없어 내 저렇게 붙여 놓은 채 외웠다네."

30
흉한 사람, 길한 사람

강절소선생계자손왈　　　상품지인　　　불교이선　　　중품지인
康節邵先生誠子孫曰 上品之人은 不敎而善하고 中品之人은

교이후선　　　하품지인　　　교역불선　　　불교이선
敎而後善하고 下品之人은 敎亦不善하니라. 不敎而善은

비성이하　　　교이후선　　　비현이하　　　교역불선
非聖而何며 敎而後善은 非賢而何며 敎亦不善은

비우이하　　　시지선야자　　　길지위야　　　불선야자
非愚而何이리오. 是知善也者는 吉之謂也요 不善也者는

흉지위야　　　길야자　　　목불관비례지색
凶之謂也라. 吉也者는 目不觀非禮之色하고

이불청비례지성　　　구부도비례지언
耳不聽非禮之聲하고 口不道非禮之言하고

족불천비례지지　　　인비선불교　　　물비의불취
足不踐非禮之地하니라. 人非善不交하고 物非義不取하며

친현　　　여취지란　　　피악　　　여외사갈
親賢을 如就芝蘭하고 避惡을 如畏蛇蝎하니라.

혹왈불위지길인　　　즉오불신야　　　흉야자
或曰不謂之吉人이라도 則吾不信也니라. 凶也者는

어언궤휼　　　동지음험　　　호리식비　　　탐음낙화
語言詭譎하고 動止陰險하며 好利飾非하고 貪淫樂禍하며

해석 강절(康節) 소선생(邵先生)이 자손을 훈계하였다.

"상품(上品)의 사람은 가르치지 않아도 선하게 되고, 중품(中品)인 사람은 가르친 후에야 선하게 되고, 하품(下品)인 사람은 가르쳐도 선하지 못하다. 가르치지 않아도 선하게 되니 성인(聖人)이 아니고 무엇이며, 가르친 후에 선하게 되니 현인(賢人)이 아니고 무엇이며, 가르쳐도 선하지 못하니 어리석은 자가 아니고 무엇이겠는가? 그래서 선이란 길함을 말한 것이요, 불선(不善)이란 흉함을 말한 것임을 알 수 있다. 길한 자는 눈으로 예(禮)가 아닌 것을 보지 않고, 귀로는 예가 아닌 소리를 듣지 않으며, 입으로는 예가 아닌 말을 하지 않으며, 발은 예가 없는 곳을 밟지 않는다. 착한 사람이 아니면 사귀지 않고 의롭지 않은 물건은 갖지 않으며, 어진 사람 친하기를 지란(芝蘭)을 가까이하듯 하고 악한 사람 피하기를 사갈(蛇蝎)을 피하듯 한다.

어떤 사람이 길인(吉人)이 아니라고 말하더라도 나는 그 말을 믿지 않는다. 흉한 사람은 말이 거짓되고 속되며, 행동이 음험하며, 이익을 좋아하고 잘못을 변명하며, 음란을 탐내고 화란(禍亂)을 좋아하며, 어질고 착한 사람을 원수처럼 여기며, 법(法)을 밥먹듯이 범하여 작게는 자신을 죽이고 천성(天性)을 없애며, 크게는 나라의 후사(後嗣)를 끊게 된다.

어떤 사람이 흉인(凶人)이 아니라고 말하더라도 나는 믿지 않는다. 전(傳)에 이르기를, '길인은 선을 하기에도 날이 부족한 듯이 하고, 흉인은 불선(不善)하기를 날이 부족한 듯이 한다.' 라고 하였다. 너희들은 길인이 되고자 하는가, 흉인이 되고자 하는가?"

♣ 한자 익히기

康:편안 강 誡:훈계할 계 愚:어리석을 우 觀:볼 관 聲:소리 성 踐:밟을 천 芝:지초 지 蘭:난초 란 畏:두려워할 외 蛇:뱀 사 詭:헐뜯을 궤 譎:속일 휼 隙:틈 극 刑:형벌 형 憲:법 헌 隕:떨어질 운 覆:엎을 복, 덮을 부 嗣:이을 사 汝:너 여

♠ 뜻풀이

*康節邵先生(강절소선생):중국 송(宋)나라 때 학자 소옹(邵雍). 강절은 시호(諡號)
*上品之人(상품지인):품성이 상등인 사람. 곧 성인
*芝蘭(지란):영지(靈芝)와 난초. 둘 다 향기로운 풀로, 친구를 뜻한다
*蛇蝎(사갈):독사
*詭譎(궤휼):거짓되고 남을 속임
*刑憲(형헌):나라의 법

31
가정을 이끄는 근본

해 석 독서는 집안을 일으키는 근본이요, 이치를 따르는 것은 집안을 지켜 나가는 근본이요, 근검은 집안을 다스리는 근본이요, 온화하고 유순함은 집안을 가지런히 하는 근본이다.

♣ 한자 익히기

讀:읽을 독 循:따를 순 保:지킬 보 齊:가지런할 제

♠ 뜻풀이

*循理(순리):이치에 따름
*保家(보가):집안을 지켜 나감
*齊家(제가):집안을 다스림

33
오늘 배움에 힘쓰라

朱子曰 勿謂今日不學而有來日하며 勿謂今年不學而有來年하라.

日月逝矣나 歲不我延이니 嗚呼老矣라 是誰之愆고.

해 석 주자(朱子)가 말하였다.

"오늘 배우지 않으면서 내일이 있다고 말하지 말며, 올해에 배우지 않고서 내년이 있다고 말하지 말라. 시간은 흐르나 세월은 나를 위해 연장되지 않으니, 아 늙었구나, 이것이 누구의 허물인가?"

♣ 한자 익히기

朱:성씨 주, 붉을 주　謂:말할 위　學:배울 학　來:올 래　年:해 년
逝:갈 서　歲:해 세　我:나 아　延:뻗칠 연　嗚:탄식할 오　老:늙을 로
誰:누구 수　愆:허물 건

♠ 뜻풀이

*朱子(주자):중국 송(宋)나라 때의 학자 주희

*勿謂(물위)~:~이라고 말하지 말라

*日月(일월):해와 달. 곧 세월

*嗚呼(오호): '아!' 란 뜻의 감탄사

34
젊은 날은 짧고 학문은 이루기 어렵다

해 석 소년은 쉬이 늙고 학문은 이루기 어려우니, 짧은 시간이라도 가벼이 여겨서는 안 된다. 연못가의 봄풀 꿈을 아직 깨지 못했는데, 어느덧 계단 앞 오동잎이 가을 소리를 알리네.

♣ 한자 익히기

易:쉬울 이 難:어려울 난 光:빛 광 陰:그늘 음 輕:가벼울 경 未:아닐 미 覺:깨달을 각 池:못 지 塘:못 당 夢:꿈 몽 階:계단 계 梧:오동나무 오 葉:잎 엽 秋:가을 추 聲:소리 성

♠ 뜻풀이

*一寸光陰(일촌광음):아주 짧은 시간

*池塘(지당):연못

*梧葉(오엽):오동나무 잎

*秋聲(추성):가을을 알리는 소리

35
때가 왔을 때 부지런해야 하니

해석 도연명(陶淵明)의 시에 말하였다.

"젊은 날은 다시 오지 않고, 하루에는 새벽이 다시 오기 어렵다. 때가 왔을 때 부지런히 힘써야 하니, 세월은 사람을 기다리지 않는다."

♣ 한자 익히기

陶:성씨 도 淵:못 연 盛:성할 성 重:거듭 중, 무거울 중 再:다시 재 晨:새벽 신 及:미칠 급 勉:힘쓸 면 待:기다릴 대

♠ 뜻풀이

*陶淵明(도연명):중국 진(晉)나라 때의 유명한 시인인 도잠(陶潛)

*盛年(성년):청장년 시절

*重來(중래):거듭 두 번 옴

*勉勵(면려):힘씀. 노력함

36
천릿길도 한 걸음부터

해 석 순자(荀子)가 말하였다.

"반걸음이 쌓이지 않으면 천 리에 이르지 못하고, 작은 시내가 모이지 않으면 강하(江河)를 이루지 못한다."

♣ 한자 익히기

積:쌓을 적 跬:반걸음 규 步:걸음 보 至:이를 지 流:흐를 류 河:물 하

♠ 뜻풀이

*跬步(규보):반 발짝

*無以至千里(무이지천리):천 리에 도달할 수 없음

*小流(소류):작은 시냇물

제3부

어려움을 함께 해야 참된 벗이다

1
길이 멀어야 말의 힘을 안다

路遙에 知馬力이요 日久에 見人心이니라.

해 석 길이 멀어야 말의 힘을 알 수 있고, 오래 지내보아야 사람
의 마음을 알 수 있다.

♣ 한자 익히기

路:길 로 遙:멀 요 馬:말 마 力:힘 력 久:오랠 구

2
의리가 없는 벗

不結子花는 休要種이요 無義之朋은 不可交니라.

해 석 열매를 맺지 않는 꽃은 심을 필요가 없고, 의리가 없는 벗
은 사귀어서는 안 된다.

♣ 한자 익히기

結:맺을 결 花: 꽃 화 種:심을 종, 씨앗 종 義:옳을 의

재미있는 이야기

　전국시대 사람 손빈은 젊어서 방연과 한 스승 밑에서 병법을 배우며 친하게 지냈다. 몇 년 후 방연은 위혜왕에게 발탁되어 장군이 되었고, 손빈은 벼슬 없이 지내고 있었다. 방연은 자기보다 병법이 능한 손빈이 언제 자기 자리를 위협하는 존재가 될지 몰라 불안해 하였다. 그래서 방연을 자신의 집에 불러 트집을 잡아 두 다리를 자르고 얼굴에 먹물을 넣는 형벌을 주어 폐인을 만들어 내쫓았다. 손빈은 원한을 품으며 제나라로 망명하였다.

　제위왕은 평소 손빈의 명성을 듣고 있던 터라 군사의 자리에 앉히고 융숭한 대접을 했다. 손빈이 망명한 지 몇 년 지나 방연과 겨룰 기회가 왔다. 다름 아닌 위나라와 조나라가 한나라를 침범해 오자 동맹 관계에 있던 한나라에서 제나라에 구원을 요청한 것이다.

제나라는 전기를 장수로 삼고 손빈을 군사로 삼아 위나라를 공격했다. 방연은 손빈의 군사가 본국을 공격한다는 소식을 듣고 한나라 공격을 멈추고 본국으로 군사를 돌렸다. 손빈이 전기에게 말했다.

"병법에 백 리를 행군하다가 이익을 취하는 자는 그 장수를 잡고, 50리에서 이익을 취하는 자는 군사가 절반은 희생된다고 하였습니다. 우리 제나라 군사로 하여금 위나라에 들어가서는 10만 명분의 취사를 할 수 있는 아궁이를 걸게 하고, 그 이튿날에는 5만 명분을, 그 다음날에는 또 3만 명분으로 줄여 가게 하십시오."

전기 장군은 손빈의 말을 따라 점차 아궁이 숫자를 줄여 가며 거짓으로 패한 척 후퇴하였다. 이런 속셈을 알 리 없는 방연은 크게 기뻐하며 손뼉을 쳤다.

"내가 본디 제나라 군사들이 겁쟁이인 줄은 알았지만 이렇게까지 심할 줄은 몰랐다. 우리 나라 땅에 들어온 지 사흘 만에 절반 이상이 도망하였으니, 승리는 우리 것이다."

방연은 보병을 버리고 기마병 몇 명만을 데리고 제나라 군사를 추격했다. 손빈은 방연이 추격해 오는 속도를 계산해 보고 저물 녘이면 마릉이란 곳에 도달할 것을 알았다. 그 곳은 길이 좁고 양쪽 산이 험해서 복병을 시키기에 알맞았다. 활 잘 쏘는 군사를 양쪽에 매복시킨 손빈은 큰 나무를 깎아 이렇게 써 놓았다.

"방연은 이 나무 아래에서 죽을 것이다."

과연 방연의 군사가 저녁 무렵 그 곳을 통과하는 것이 보였다. 손빈이 신호의 불을 올리자 매복해 있던 군사들이 일제히 활을 쏘았다. 방연은 군사를 모두 잃고 자신도 살아 남을 수 없음을 알고 스스로 목을 찔러 자결하였다.

3
담담한 사귐이 오래간다

君子之交는 淡如水하고 小人之交는 甘若醴니라.

해 석 군자의 사귐은 담담하기가 물과 같고, 소인의 사귐은 달기가 단술과 같다.

♣ 한자 익히기

交:사귈 교 淡:맑을 담 甘:달 감 醴:단술 례

♠ 뜻풀이

*淡如水(담여수):물처럼 담담함

*甘若醴(감약례):단술처럼 달콤함

4
어려움을 함께 해야 참된 벗이다

酒食兄弟는 千個有로되 急難之朋은 一個無니라.

[해석] 술과 음식을 먹을 때에는 형제와 같은 벗이 천 명이나 되지만, 어려울 때에는 벗이 하나도 없게 된다.

♣ 한자 익히기

酒:술 주　食:밥 식　急:급할 급　朋:벗 붕

♠ 뜻풀이

*酒食兄弟(주식형제):술과 음식으로 사귄 친구

*急難之朋(급난지붕):어려운 일에 처했을 때 함께 할 수 있는 벗

5
가난할 때 사귄 벗이 귀하다

해 석 송홍(宋弘)이 말했다.

"함께 고생한 아내는 내쫓지 않고, 가난할 때 사귄 친구는 잊어
서는 안 된다."

♣ 한자 익히기

弘:클 홍 糟:술지게미 조 糠:겨 강 堂:집 당

재미있는 이야기

조선 성종 때 사람 권경희는 집이 가난할 때 미천한 집으로 장가를 들었다. 그 후 과거에 장원 급제하여 벼슬이 높아지자 아내의 신분이 낮다는 것이 말썽이 되었다. 좋은 벼슬자리를 얻으려면 자기 집안의 문벌은 물론 처가와 외가의 문벌까지 따졌던 것이다. 이렇게 되자 주위에서는 물론 아버지까지도 아들이 출세를 위해 좋은 집안으로 다시 장가들 것을 권했다. 그러나 권경희는 조금도 동요되지 않고 이렇게 말했다.

"어찌 차마 그런 일을 하겠습니까? 10여 년을 함께 고생하면서 밤낮으로 나 잘되기만을 바라던 아내입니다. 차라리 벼슬을 하지 못할지언정 아내를 버릴 수는 없습니다."

이를 전해 들은 성종은 신하들에게 이렇게 말했다.

"권경희야말로 의리를 아는 사람이다. 자기의 공명(功名)을 위해 그렇게 하지 않을 사람이 몇이나 되겠느냐?"

그 후 그의 처가도 미천한 가문이 아님이 드러나 말썽이 없어져 마침내 대사헌(大司憲)까지 지낼 수 있었다.

6
마음이 통하는 벗은 드물다

해 석 서로 아는 사람은 천하에 가득하지만 마음까지 아는 사람은 몇 사람이 될까?

♣ 한자 익히기

相:서로 상 識:알 식, 표지 지 滿:가득할 만 幾:몇 기, 거의 기

♠ 뜻풀이

*相識(상식):서로 알고 지내는 사람

*滿天下(만천하):온 세상에 가득함

*幾人(기인):몇 사람

7
친구에게 충고하라

子曰 責善은 朋友之道也니라.

해｜석　공자가 말하였다.

"책선(責善)하는 것이 친구의 도리이다."

♣ 한자 익히기

責:맡을 책, 꾸짖을 책　朋:벗 붕　友:벗 우

8
현명한 이와 친하라

해 석 혜강이 말하였다.

"흉악한 사람은 경원하고, 현명하고 덕이 있는 사람은 친근하게 해야 한다. 그 사람이 악으로 대해 오면 내가 선으로 대하고, 그가 그릇되게 대해 와도 내가 곧게 대하면 어찌 원망함이 있겠는가?"

♣ 한자 익히기

嵆:성씨 혜　康:편안 강　險:간사할 험, 험할 험　近:가까울 근　曲:굽을 곡　直:곧을 직　豈:어찌 기　怨:원망할 원

♠ 뜻풀이

*凶險(흉험):흉악하고 간사함
*敬而遠之(경이원지):존경하면서도 멀리함

9
친구는 오랠수록 공경하라

해 석 공자가 말하였다.

"안평중(晏平仲)은 남과 사귀기를 잘하는구나. 오랠수록 공경하니."

♣ 한자 익히기

晏:성씨 안 仲:가운데 중 久:오래 구 敬:공경할 경

♠ 뜻풀이

*晏平仲(안평중):춘추시대 때 제(齊)나라의 대부(大夫)로, 이름은 영(嬰). 그의 언행과 일화를 적은 《안자춘추(晏子春秋)》가 전함

10
물들기 쉬운 나쁜 벗

해 석 《공자가어》에 말하였다.

"좋은 사람과 함께 가면 마치 안개나 이슬 속을 가는 것과 같아서 비록 옷은 젖지 않더라도 때때로 젖어들게 되고, 무식한 사람과 함께 가면 마치 변소에 앉아 있는 것과 같아서 비록 옷은 더러워지지 않더라도 때때로 냄새가 나게 된다."

♣ 한자 익히기

廁:뒷간 측 坐:앉을 좌 汚:더러울 오 聞:맡을 문, 들을 문 臭:냄새 취

♠ 뜻풀이

*霧露(무로):안개와 이슬
*濕衣(습의):옷이 젖음

11
나쁜 벗은 재앙을 부른다

자왈　　여호인교자　　　여란혜지향　　　　일가종지

子曰 與好人交者는 如蘭蕙之香하여 一家種之라도

양가개향　　　　　　　여악인교자　　　여포자상장

兩家皆香이어니와 與惡人交者는 如抱子上墻하여

일인실각　　　　　양인조앙

一人失脚이라도 兩人遭殃이니라.

해 석 공자가 말하였다.

"좋은 사람과 사귀는 것은 난초와 혜초의 향기와 같아서 한 집에만 심어도 두 집이 다 향기롭고, 나쁜 사람과 사귀는 것은 마치 아이를 안고 담장 위를 오르는 것과 같아서 한 사람이 실족(失足)하면 두 사람이 다 재앙을 당한다."

♣ 한자 익히기

蘭:난초 난　蕙:혜초 혜　種:심을 종　香:향기 향　抱:안을 포　墻:담장 장　脚:다리 각　遭:만날 조

♠ 뜻풀이

*蘭蕙(난혜):난초와 혜초. 모두 향기로운 풀로, 우정을 상징함

*抱子上墻(포자상장):아이를 안고 담장 위에 올라감

*遭殃(조앙):재앙을 만남

12
좋은 벗은 향기로운 풀과 같다

해 석 공자가 말하였다.

"선한 사람과 지내면 마치 지초(芝草)와 난초(蘭草)가 있는 방에 들어가는 것과 같아서 오래 있으면 그 향기를 맡지 않아도 그와 같게 되고, 선하지 않은 사람과 함께 지내면 마치 생선 가게에 들어가는 것과 같아서 오래 있으면 그 냄새를 맡지 않더라도 역시 같게 되며, 단사(丹砂)를 갖고 있는 자는 붉게 되고, 칠(漆)을 갖고 있는 자는 검게 된다. 그러므로 군자는 함께 지내는 자를 반드시 삼가야 한다."

♣ 한자 익히기

芝:지초 지　蘭:난초 난　久:오래 구　香:향기 향　居:살 거　鮑:생선

포　肆:가게 사　臭:냄새 취　丹:붉을 단　藏:감출 장　漆:옻칠 칠　愼:
삼갈 신

♠ 뜻풀이

*芝蘭之室(지란지실):영지와 난초 향기가 나는 방. 좋은 친구를 뜻함
*鮑魚之肆(포어지사):생선을 파는 가게

13
대화가 통해야 진정한 벗이다

酒逢知己千鍾少요 話不投機一句多니라.

[해석] 친한 벗을 만나 술을 먹으면 1천 잔도 적고, 대화가 통하지 않으면 한마디도 많게 된다.

♣ 한자 익히기

酒:술 주 逢:만날 봉 鍾:술잔 종, 쇠북 종 話:말씀 화 投:던질 투
機:기회 기 句:글귀 구 多:많을 다

♠ 뜻풀이

*知己(지기):서로를 알아주는 벗
*千鍾(천종):술 1천 잔
*投機(투기):서로의 마음에 맞음

14
음악보다 듣기 좋은 말

荀子云 贈人以言이 重如金石珠玉이요 觀人以言이

美於黼黻文章이요 聽人以言이 樂於鍾鼓琴瑟이니라.

해 석 《순자(荀子)》에 말하였다.

"남에게 좋은 말을 해 주는 것이 보배를 주는 것보다 중하고, 남에게 좋은 말을 보여 주는 것이 화려한 옷의 문장을 보여 주는 것보다 아름다우며, 남에게 좋은 말을 듣게 하는 것이 종고(鍾鼓)의 음악을 들려 주는 것보다 즐거운 것이다."

♣ 한자 익히기

贈:줄 증　珠:구슬 주　觀:볼 관　黼:도끼 무늬 보　黻:무늬 불　鍾:쇠북 종　鼓:북 고　琴:거문고 금　瑟:비파 슬

♠ 뜻풀이

*贈人以言(증인이언): 남에게 좋은 말을 보냄
*金石珠玉(금석주옥):황금 보석과 진주 구슬
*觀人以言(관인이언):남에게 좋은 글을 보여 줌
*黼黻文章(보불문장):화려한 문장
*聽人以言(청인이언):남에게 좋은 말을 들려 줌
*鍾鼓琴瑟(종고금슬):종과 북과 거문고와 비파. 좋은 음악을 뜻함

15
누구에게나 배울 점이 있다

해 석 공자가 말하였다.

"세 사람이 길을 가면 반드시 내 스승이 있게 마련이다. 그 중 선한 자를 가려서 따르고, 선하지 못한 자를 가려서 고쳐야 한다."

♣ 한자 익히기

行:갈 행, 행할 행 焉:어조사 언 從:따를 종 而:말이을 이 改:고칠 개

16
친구를 가려 사귀라

경행록　　운　　과언택교　　　　가이무회린

景行錄에 云 寡言擇交하면 可以無悔吝이며

　　가이면우욕

可以免憂辱이니라.

해 석 《경행록(景行錄)》에 말하였다.

"말을 적게 하고 벗을 가려서 사귀면 후회하지 않고, 근심과 욕
을 면할 수 있다."

♣ 한자 익히기

寡:적을 과　悔:뉘우칠 회　吝:인색할 린　免:면할 면　憂:근심 우

♠ 뜻풀이

*寡言(과언):말수가 적음

*擇交(택교):벗을 가려서 사귐

*悔吝(회린):후회

*憂辱(우욕):근심과 모욕

17
친구를 보면 그 사람을 알 수 있다

해 석 왕량(王良)이 말하였다.

"그 임금을 알고자 하거든 먼저 그 신하를 보고, 그 사람을 알고
자 하거든 먼저 그의 벗을 보고, 그 아비를 알고자 하거든 먼저
그의 아들을 보라. 임금이 성스러우면 신하가 충성스럽고, 아비
가 인자하면 아들이 효도한다."

♣ 한자 익히기

良:어질 량　君:임금 군　先:먼저 선　視:볼 시　臣:신하 신　識:알 식
慈:인자할 자

♠ 뜻풀이

*王良(왕량):춘추시대 때 진(晉)나라 사람으로 말을 잘 몰았음

18
사람을 사귀는 도리

해 석 《한서(漢書)》에 말하였다.

"세력으로 사귀는 자는 세력이 다해 가면 망하게 되고, 재물로 사귀는 자는 재물이 다 되면 소원(疎遠)해지며, 미색으로 사귀는 자는 미색(美色)이 쇠퇴하면 의(義)가 끊어지게 된다."

♣ 한자 익히기

勢:세력 세 交:사귈 교 竭:다할 갈 亡:망할 망 財:재물 재 密:빽빽할 밀 疎:성길 소

♠ 뜻풀이

*勢交(세교):세력으로 사귐

*財交(재교):재력으로 사귐

*色交(색교):미색(美色)으로 사귐

19
질투하는 벗을 멀리하라

荀子曰 士有妬友則賢交不親하고 君有妬臣則賢人不至니라.

해 석 순자(荀子)가 말하였다.

"선비에게 질투하는 벗이 있으면 어진 사람과의 교제가 친해지지 않고, 임금에게 질투하는 신하가 있으면 어진 사람이 이르지 않는다."

♣ 한자 익히기

士:선비 사 妬:시샘할 투 友:벗 우 賢:어질 현 君:임금 군 至:이를 지

♠ 뜻풀이

*妬友(투우):질투하는 벗
*賢交(현교):현명한 사람과의 교제

20
소인배의 교제

소동파운   부불친혜빈불소   차시인간대장부

蘇東坡云 富不親兮貧不疎는 此是人間大丈夫요

부즉진혜빈즉퇴   차시인간진소배

富則進兮貧則退는 此是人間眞小輩니라.

해 석 소동파가 말하였다.

"부유한데도 친하지 않고 가난하다 하여 멀리하지 않는 이것이 대장부이다. 부유하면 나아가고 가난하면 물러나는 이것은 진짜 소인배이다."

♣ 한자 익히기

兮:어조사 혜 疎:성길 소 進:나아갈 진 退:물러날 퇴 眞:참 진
輩:무리 배

♠ 뜻풀이

*蘇東坡(소동파):송(宋)나라의 학자이며 문장가

*富不親兮(부불친혜): 부귀한 자에게 친하지 않음

*貧不疎(빈불소):가난한 사람에게 소홀히 하지 않음

*富則進(부즉진):부유한 사람에게 나아감

*貧則退(빈즉퇴):가난하면 물러남

*小人(소인):간사하고 도량이 좁은 사람

21
믿음이 앞서야 한다

益智書云 君臣不信國이면 不安하고 父子不信이면 家不睦하며

兄弟不信이면 情不親하고 朋友不信이면 交易疎니라.

해 석 《익지서(益智書)》에 말하였다.

"임금과 신하가 믿지 못하면 나라가 불안하고, 아버지와 아들이 믿지 못하면 집안이 화목하지 못하며, 형과 아우가 믿지 못하면 정(情)이 친해지지 않고, 친구끼리 믿지 못하면 사귐이 소원해진다.

♣ 한자 익히기

益:더할 익　情:뜻 정, 정 정　睦:화목할 목　朋:벗 붕

제 **4** 부

수양에는 돈이 들지 않는다

1
악을 멀리하라

子曰 見善如不及하고 見不善如探湯하라.

해 석 공자가 말하였다.

"선함을 보거든 미치지 못할 듯이 하고, 선하지 못함을 보거든

끓는 물을 만지듯이 하라."

♣ 한자 익히기

及:미칠 급 探:찾을 탐, 만질 탐 湯:끓는 물 탕, 끓일 탕

2
선보다 더한 보배는 없다

해 석　《초서(楚書)》에 말하였다.

"초(楚)나라에는 보배 삼을 만한 것이 없고, 오직 선(善)을 보배로 삼는다."

♣ 한자 익히기

楚:나라 이름 초　寶:보배 보　惟:오직 유

재미있는 이야기

　전국시대 제위왕과 위혜왕이 함께 사냥을 하게 되었다. 위혜왕은 자기 나라에 있는 지름이 한 치나 되는 큰 구슬을 자랑하면서 제나라에는 무슨 보물이 있느냐고 물었다. 그러자 제위왕은 대답했다.

　"우리 나라에는 별다른 보물이 없습니다."

　"어찌 제나라 같은 대국에 보물이 없겠습니까?"

　"내가 보배로 여기는 것은 왕과는 조금 다르지요."

　"그렇다면 무엇을 보배로 여기십니까?"

　"내 신하 가운데 단자(檀子)란 자가 있는데 그가 남쪽 성을 지키면 초(楚)나라가 감히 넘보지 못하며, 전분(田吩)이란 자가 고당(高唐) 지방을 지키면 조(趙)나라 사람이 우리 국경을 넘어와 고기잡이를 하지 못하며, 검부(黔夫)란 자가 서주(徐州)를 지키면 연(燕)나라 사람들이 자기 나라를 침범하지 말아 달라며 제사를 지내니, 이런 사람들이 우리 나라의 보배라고 할 수 있지요."

　제위왕의 이 말에 위혜왕은 부끄러워하는 기색을 보였다.

3
화와 복은 자신이 부른다

태상감응편왈　　화복무문　　　유인자소　　　선악지보

太上感應篇曰 禍福無門이요 唯人自召라. 善惡之報는

여영수형　　　　소이　　　인심기어선

如影隨形하나니 所以로 人心起於善이면

선수미위이길신이수지　　　　혹심기어악

善雖未爲而吉神以隨之하고 或心起於惡이면

악수미위이흉신이수지　　　　기유증행악사　　　　후자개회

惡雖未爲而凶神以隨之니라. 其有曾行惡事라도 後自改悔면

구구필획길경　　　소위전화위복야

久久必獲吉慶하나니 所謂轉禍爲福也니라.

해 석　《태상감응편(太上感應篇)》에 말하였다.

"화(禍)와 복(福)은 따로 들어오는 문이 없고 오직 사람이 부르는 것이다. 선악의 응보는 그림자가 형체를 따르듯 하니, 그래서 사람의 마음이 선에서 나오면 비록 선을 행하지 않더라도 길신(吉神)이 따르게 되고, 혹 마음이 악에서 나오면 비록 악을 행하지 않았더라도 흉신(凶神)이 따르게 된다. 일찍이 악한 일을 하였더라도 후에 스스로 후회하여 고쳤다면 오랫동안 반드시 길한 경사가 있게 될 것이니, 이른바 전화위복(轉禍爲福)이라는 것이

"""

다.”

♣ 한자 익히기

太:클 태　感:느낄 감　應:응할 응, 대답할 응　篇:글 편　召:부를 소

影:그림자 영　起:일어날 기　吉:길할 길　隨:따를 수　凶:흉할 흉

曾:일찍이 증　悔:뉘우칠 회　獲:얻을 획　轉:구를 전

♠ 뜻풀이

*禍福無門(화복무문):화와 복이 들어오는 문이 없다
*如影隨形(여영수형):그림자처럼 형체가 따라옴
*吉神(길신):좋은 일을 주는 신
*轉禍爲福(전화위복):화가 복으로 바뀜

4
부드러운 것이 강한 것을 이긴다

老子曰 柔勝剛하고 弱勝强이라. 故로 舌能存하고

齒剛則折也이니라.

해 석　노자(老子)가 말하였다.

"부드러운 것이 강한 것을 이기고, 약한 것이 강한 것을 이긴다. 그렇기 때문에 혀는 오래도록 남아 있지만 이빨은 강하여 부러지게 된다."

♣ 한자 익히기

柔:부드러울 유　勝:이길 승　剛:굳셀 강　齒:이빨 치　折:부러질 절

♠ 뜻풀이

*柔勝剛(유승강):부드럽고 연한 것이 굳센 것을 이김
*弱勝强(약승강):연약한 것이 강한 것을 이김

5
내가 남에게 잘 해야

해 석　장자(莊子)가 말하였다.

"나에게 선하게 하는 자에게 나 역시 선하게 하고, 나에게 악하게 하는 자에게도 나는 역시 선하게 대해야 한다. 내가 이미 남에게 악한 일을 하지 않으면 그 사람도 나에게 악하게 하지 않을 것이다."

♣ 한자 익히기

於:어조사 어　旣:이미 기　哉:어조사 재

♠ 뜻풀이

*於我善者(어아선자):나에게 잘하는 사람
*於我惡者(어아악자): 나에게 악하게 하는 사람

재미있는 이야기

임진왜란 때 의병장으로 유명한 조헌(趙憲)은 평소 정철을 좋지 않은 사람으로 생각하고 있었다. 그가 전라도 도사가 되어 와 있는데, 얼마 후 정철이 그 곳 감사로 부임해 왔다. 조헌은 짐을 꾸리며 까닭을 묻는 사람들에게 말했다.

"정철과 같은 소인과는 함께 일할 수가 없다."

이런 말을 전해 들은 정철이 조헌을 불러 말했다.

"공이 나를 소인이라면서 떠나려 한다는데, 사실이오?"

"그렇습니다."

조헌의 서슴없는 말에 정철은 빙그레 웃으면서 말했다.

"어찌 사람을 겪어 보지 않고서 군자인지 소인인지 알 수 있단 말이오. 우선 나와 함께 일을 해 본 후에 떠나도 늦지 않을 것이오."

조헌은 마음이 내키지 않았지만 주위 사람들의 만류도 있고 해서 주저앉고 말았다. 정철은 그가 자신을 좋지 않게 생각하고 있었다는 생각을 잊고 성심으로 잘 대해 주었다. 1년이 지나자 조헌은 정철을 찾아와 사과했다.

"제가 남의 이야기만 듣고서 하마터면 공을 저버릴 뻔하였습니다."

6
음덕은 황금보다 값지다

해 석 사마온공(司馬溫公)이 말하였다

"금(金)을 모아 자손에게 남겨 주더라도 반드시 자손이 다 지키지 못할 것이요, 책(冊)을 모아서 자손에게 남겨 주더라도 반드시 자손이 다 읽지 못할 것이니, 남이 모르는 가운데 음덕(陰德)을 쌓아서 자손을 위하는 계책을 삼는 것만 같지 못하다."

♣ 한자 익히기

司:맡을 사 積:쌓을 적 遺:남길 유 守: 지킬 수 讀:읽을 독 陰:그늘 음 德:덕 덕 冥:어두울 명

♠ 뜻풀이

司馬溫公(사마온공, 1019~1086): 송(宋)나라 때의 정치가이며 학자. 자(字)는 군실(君實), 호는 속수(涑水). 왕안석(王安石)의 신법(新法)을 반대하다가 쫓겨났으며, 철종(哲宗)이 즉위하자 재상이 되어 신법을 혁파하

고 옛 제도를 회복하였다. 죽은 후 온국공(溫國公)에 봉(奉)해졌기 때문
에 흔히 사마온공이라 부르며, 저서에 《자치통감(資治通鑑)》이 있다.

*陰德(음덕):남모르게 행하는 덕(德)
*冥冥(명명):어두움. 컴컴함.

7
한 번의 악행이 평생을 그르친다

마원왈　종신행선　　　선유부족　　　일일행악

馬援曰 終身行善이라도 善猶不足이요 一日行惡이라도

악자유여

惡自由餘니라.

해 석　마원(馬援)이 말하였다.

"평생 동안 선한 일을 하더라도 선은 오히려 부족하고, 하룻동안 악한 일을 하더라도 악은 저절로 남아 있게 된다."

♣ 한자 익히기

馬:말 마, 성씨 마　援:구원할 원　猶:오히려 유, 같을 유　足:발 족, 만족할 족　餘:남을 여

♠ 뜻풀이

*馬援(마원, B.C. 11~49):후한(後漢) 때의 명장(名將). 교지(交趾) 지방을 정벌하였으며, 복파 장군(伏波將軍)에 임명되었음

*終身(종신):죽을 때까지. 평생

8
선행은 이름을 얻기 위한 것이 아니다

해 석 안자(顏子)가 말하였다.

"선은 자신에게 도움이 되고, 악은 자신에게 손해가 된다. 그러므로 군자(君子)는 도움이 되기에 힘쓰고, 손해를 막되 이름을 얻기를 구하지 않고, 욕(辱)을 멀리할 뿐이다."

♣ 한자 익히기

顏:얼굴 안, 성씨 안 損:덜 손 務:힘쓸 무 益:더할 익 防:막을 방
非:아닐 비 求:구할 구 名:이름 명 且:또 차 遠:멀 원 辱:욕 욕

♠ 뜻풀이

*顏子(안자, B.C. 521~B.C. 490): 공자(孔子)의 제자인 안연(顏淵). 이름은 회(回)이며, 연은 자(字)임. 학문을 좋아하고 가난한 가운데서도 도(道)를 좋아하여 공자의 칭찬을 받았음.

*求名(구명):이름이 알려지기를 구함. 명예(名譽)를 구함.

*務其益(무기익):이익이 되는 일에 힘씀.

9
적선(積善)해야 좋은 일이 있다

徐神翁日 積善逢善하고 積惡逢惡하나니

仔細思量하면 天地不錯이니라.

해 석 서신옹(徐神翁)이 말하였다.

"선한 일을 쌓아 가면 선한 일을 만나게 되고, 악한 일을 쌓아 가면 악한 일을 만나게 된다. 자세히 생각해 보면 천지(天地)처럼 어긋나지 않을 것이다."

♣ 한자 익히기

徐:성씨 서, 천천히 서 神:귀신 신 翁:늙은이 옹 積:쌓을 적 逢:만날 봉 仔:자세할 자 細:가늘 세

♠ 뜻풀이

*徐神翁(서신옹):미상(未詳)

*積善(적선):좋은 일을 쌓음

*積惡(적악):악한 일을 쌓음

*思量(사량):생각함

*不錯(불착):어긋나지 않음

10
하늘에 죄짓지 말라

해 석 공자가 말하였다.

"하늘에 죄(罪)를 얻으면 빌 곳이 없다."

♣ 한자 익히기

獲:얻을 획 罪:죄 죄 無:없을 무 禱:빌 도

11
악인은 하늘이 죽인다

益智書에 云 惡鑵이 若滿이면 天必誅之니라.

해 석 《익지서》에 말하였다.

"악한 마음이 가득 차면 하늘이 반드시 죽인다."

♣ 한자 익히기

益:더할 익 智:지혜 지 鑵:두레박 관 滿:가득할 만 誅:죽일 주

♠ 뜻풀이

*益智書(익지서):송(宋)나라 때 간행된 책

*惡鑵(악관):악행의 두레박. 악한 마음

12
욕심을 따르면 화를 당한다

근사록운　　　순천리　　　　　즉불구리이자무불리

近思錄云　循天理면 則不求利而自無不利하고

순인욕　　　　즉구리　　　　미득이해이수지

循人欲하면 則求利라도 未得而害已隨之니라.

해 석　《근사록(近思錄)》에 말하였다.

"하늘의 이치를 따르면 이(利)를 추구하지 않더라도 저절로 이롭지 않음이 없고, 욕심을 따르면 이를 구하더라도 얻지 못할 뿐만 아니라 해로움이 따르게 된다."

♣ 한자 익히기

循:따를 순　求:구할 구　欲:하고자 할 욕　害:해칠 해　隨:따를 수

♠ 뜻풀이

*近思錄(근사록):중국 송(宋)나라 때 주자(朱子)와 그의 제자 여조겸이 함께 지은 책. 수양에 긴요한 선배들의 글을 모아 편찬하였음

13
구차히 재물을 탐내지 말라

해 석 《곡례(曲禮)》에 말하였다.

"재물을 보고 구차스레 얻어서는 안 되고, 난리를 당해서 구차하게 면해서는 안 된다."

♣ 한자 익히기

曲:굽을 곡, 곡진할 곡　毋:말 무　免:면할 면　苟:구차할 구, 진실로 구

♠ 뜻풀이

*曲禮(곡례):《예기(禮記)》의 편명
*苟得(구득):구차스럽게 얻음
*臨難(임난):어려운 일에 처함

14
부귀는 하늘에 달려 있다

子夏曰 死生이 有命이요 富貴在天이니라.

해 석 자하(子夏)가 말하였다.

"죽고 사는 것은 명(命)에 있고, 부귀는 하늘에 달려 있다."

♣ 한자 익히기

死:죽을 사 命:운명 명, 목숨 명 富:부자 부 貴:귀할 귀

15
평생 간직해야 할 마음 자세

紫虛元君 誠諭心文에 日 福生於淸儉하고 德生於卑退하고

道生於安靜하고 命生於和暢하고 患生於多慾하고 禍生於多貪하고

過生於輕慢하고 罪生於不仁이니라. 戒眼하여 莫看他非하고

戒口하여 莫談他短하고 戒心하여 莫自貪嗔하고 戒身하여

莫隨惡伴하고 無益之言을 莫妄說하고 不干己事를 莫妄爲하라.

默默默이면 無限神仙도 從此得이요 饒饒饒면 千災萬禍도

一齊消요 忍忍忍이면 債主冤家도 從此盡이요 休休休면

蓋世功名도 不自由니라. 尊君王孝父母하고 敬尊長奉有德하며

別賢愚恕無識하라. 物順來而勿拒하고 物旣去而勿追하고

身未遇而勿望하고 事已過而勿思하라. 聰明도 多暗昧요

算計도 失便宜니라. 損人終自失이요 倚勢禍相隨라.

산계　실편의　손인종자실　의세화상수

戒之在心하고 守之在氣라. 爲不節而亡家하고 因不廉而失位니라.

계지재심　수지재기　위불절이망가　인불렴이실위

勸君自警於平生하노니 可歎可驚而可畏라. 上臨之以天鑑하고

권군자경어평생　가탄가경이가외　상임지이천감

下察之以地祇라 明有王法相繼하고 暗有鬼神相隨라.

하찰지이지기　명유왕법상계　암유귀신상수

惟正可守요 心不可欺니 戒之戒之하라.

유정가수　심불가기　계지계지

[해 석] 자허원군(紫虛元君)의 《성유심문(誠諭心文)》에 말하였다. "복(福)은 청검(淸儉)함에서 생기고, 덕(德)은 겸손히 하는 데서 생기며, 도(道)는 편안하고 고요한 데서 생기고, 명(命)은 화창(和暢)함에서 생기고, 환(患)은 욕심이 많은 데서 생기며, 화(禍)는 탐욕이 많은 데서 생기고, 허물은 경만(輕慢)함에서 생기고, 죄는 어질지 못한 데서 생긴다. 눈을 조심하여 다른 이의 잘못을 보지 말고, 입을 조심하여 다른 이의 단점을 말하지 말며, 마음을 조심하여 탐욕을 부르거나 화를 내지 말고, 몸을 조심하여 악한 친구가 따르지 못하게 하라. 이익이 되지 않는 말을 망령되이 하지 말고, 자기와 관계되지 않은 일을 하지 말라. 묵묵히 말이 없으면 무한한 신선(神仙)도 이로 말미암아 될 수 있고, 넉

넉하고 또 넉넉하면 천만 가지 화(禍)도 일제히 소멸되며, 참고 또 참으면 빚쟁이나 원수 집안도 이로써 다 사그러지고, 쉬고 또 쉬면 세상을 덮을 만한 공명(功名)을 세운 사람이라도 마음대로 하지 못한다. 임금을 존경하고 부모에게 효도하며, 어른을 공경하고 덕(德) 있는 사람을 받들며, 어진 사람과 어리석은 사람을 구별하고, 무식한 사람을 용서하라. 사물(事物)이 순수하게 오면 거절하지 말고, 사물이 이미 떠났으면 뒤쫓지 말라. 자신이 때를 만나지 못하였으면 바라지 말고, 일이 지나갔으면 생각지 말라. 총명한 자도 어둡게 지낼 때가 많고, 계산 빠른 사람도 편리함을 잃을 때가 있다. 남에게 손해를 끼치면 마침내 자기가 손실을 입게 되며, 세력을 의지하면 화(禍)가 서로 따르게 된다. 경계함은 마음에 있고, 지키는 것은 기개(氣槪)에 있다. 절약하지 않으면 집은 망하고, 청렴(淸廉)하지 않으면 지위(地位)를 잃게 된다. 그대에게 권하노니 평생 경계하여 탄식하고 경계하고 두려워하라. 위로는 하늘이 내려다보시고, 아래로는 땅의 귀신이 살펴보고 있다. 드러나게는 나라의 법이 서로 잇따르고, 모르는 가운데서는 귀신이 서로 따른다. 오직 올바로 지켜야 할 것이요 마음을 속여서는 안 되니, 경계하고 경계하라."

♣ 한자 익히기

紫:자색 자 虛:빌 허 諭:타이를 유 儉:검소할 검 卑:낮을 비 退:물러날 퇴 靜:고요할 정 暢:통할 창 貪:탐낼 탐 輕:가벼울 경 慢:가벼울 만 眼:눈 안 嗔:화낼 진 隨:따를 수 伴:짝 반 默:말없을 묵 饒:너그러울 요 盖:덮을 개 昧:어두울 매 倚:기댈 의 廉:염치 렴 勸:권할 권 警:깨우칠 경 歎:탄식할 탄 祇:귀신 기 惟:생각할 유, 오직 유 欺:속일 기

♠ 뜻풀이

*紫虛元君(자허원군):도가(道家)의 인물인 듯하나 자세히 알려지지 않음

*淸儉(청검):청렴하고 검소함

*卑退(비퇴):자신을 겸손히 함

*輕慢(경만):경솔하고 태만함

*貪嗔(탐진):탐욕과 성냄

*債主冤家(채주원가):빚쟁이와 원수 집안

*天鑑(천감):하늘이 살피는 일

*地祇(지기):땅의 신(神)

16
부귀는 남과 함께 누려라

자왈　신거부귀　이능하인자　하인이불여부귀　신거인상

子曰 身居富貴 而能下人者는 何人而不與富貴며 身居人上

이능애경자　하인이불감애경　신거권직　소행엄숙자

而能愛敬者는 何人而不敢愛敬이며 身居權職하여 所行嚴肅者는

하인이불감외구야　발언이고　동지합규자

何人而不敢畏懼也며 發言而古하여 動止合規者는

하인감위명야

何人敢違命也리오.

해 석　공자가 말하였다.

"부귀(富貴)한 자리에 있으면서도 남에게 낮출 줄 아는 사람에게 어떤 사람이 그와 부귀를 함께 하지 않겠으며, 남의 윗자리에 있으면서도 사랑하고 공경할 줄 아는 사람에게 어떤 사람이 그를 사랑하고 공경하지 않겠으며, 권력을 가지고 있으면서도 엄정하고 공정히 행하는 자에게 어떤 사람이 그를 두려워하지 않겠으며, 예전 일을 말하며 행동거지가 법도에 맞는 사람에게 어떤 사람이 감히 명을 어길 수 있겠는가?"

♣ 한자 익히기

與:더불 여　權:권세 권　職:맡을 직, 벼슬 직　嚴:엄숙할 엄　肅:엄숙

할 숙 畏:두려워할 외 懼:두려워할 구 規:법규 규

♠ 뜻풀이

*愛敬(애경):사랑하고 존경함

*權職(권직):권세 있는 직책

*畏懼(외구):두려워함

17
남을 곤궁에 빠뜨리지 말라

[해] [석] 순자(荀子)가 말하였다.

"총명하여 지혜가 뛰어날지라도 남을 곤궁하게 하지 않고, 민첩하여 일에 통달할지라도 남보다 앞서기를 다투지 않고, 힘이 세어 용감할지라도 남을 다치게 하지 않으며, 알지 못하는 것이 있으면 묻고, 능하지 못한 것이 있으면 배우며, 비록 능하더라도 반드시 사양할 줄 알아야 하니, 그런 후에야 덕이 되는 것이다."

♣ 한자 익히기

聰:귀밝을 총　聖:성인 성　窮:곤궁할 궁, 다할 궁　齊:가지런할 제
爭:다툴 쟁　剛:굳셀 강　毅:굳셀 의　讓:사양할 양

♠ 뜻풀이

*聖智(성지):성인(聖人) 같은 지혜
*窮人(궁인):남을 곤란하게 함

18
교만하지 말라

해 석 공자가 말하였다.

"군자(君子)는 태연하되 교만하지 않고, 소인(小人)은 교만하되

태연하지 못하다."

♣ 한자 익히기

泰:클 태 驕:교만할 교

19
성내지 말고 말을 삼가라

蔡伯喈曰 喜怒는 在心하고 言出於口하니 不可不慎이니라.

해 석 채백개(蔡伯喈)가 말하였다.

"기쁨과 노여움은 마음에 있고, 말은 입에서 나오는 것이니 삼가지 않을 수 없다."

♣ 한자 익히기

蔡:성씨 채 伯:맏 백 喈:새소리 개 喜:기쁠 희 怒:성낼 노 慎:삼갈 신

♠ 뜻풀이

*蔡伯喈(채백개):추한(後漢) 때 사람 채옹(蔡邕). 자(字)가 백개이며, 시부(詩賦)와 글씨를 잘 썼음

20
노동 뒤에 참된 휴식이 있다

경행록　왈　심가일　　　　형불가불로　　　도가락
景行錄에 曰 心可逸이언정 形不可不勞요 道可樂이언정

신불가불우　　　　형불로즉태타이폐　　　　신불우즉황음부정
身不可不憂니라. 形不勞則怠惰易弊하고 身不憂則荒淫不定이라.

고　　　일생어로이상휴　　　낙생어우이무염　　　일락자
故로 逸生於勞而常休하고 樂生於憂而無厭하나니 逸樂者는

우로　　기가망호
憂勞를 豈可忘乎아.

해 석 《경행록(景行錄)》에 말하였다.

"마음은 편안하게 가져도 되지만 몸은 수고롭게 하지 않을 수 없고, 도(道)는 즐길지언정 몸은 근심하지 않을 수 없다. 형체를 수고롭게 하지 않으면 게을러져 피로해지기 쉽고, 몸이 근심하지 않으면 음탕(淫蕩)에 빠져 안정되지 않게 된다. 그러므로 편안함은 수고로움에서 생겨 항상 기쁘게 되고, 즐거움은 근심하는 데서 생겨 싫증이 나지 않으니, 편안하고 즐거워하는 자가 근심과 수고로움을 어찌 잊을 수 있겠는가?"

♣ 한자 익히기

逸:편안할 일　形:형체 형　勞:수고로울 로　憂:근심 우　怠:게으를

172

태 惰:게으를 타 易:쉬울 이 弊:폐단 폐, 해질 폐 荒:거칠 황 淫:

음란할 음 常:항상 상 厭:싫을 염 忘:잊을 망

♠ 뜻풀이

*形不可不勞(형불가불로):몸은 수고롭게 하지 않을 수 없음

*怠惰易弊(태타이폐):게을러지고 쉽게 피로하게 됨

*荒淫(황음):음탕(淫蕩)에 빠짐

*無厭(무염):싫증이 나지 않음

*逸樂(일락):편안하고 즐거워함

*憂勞(우로):근심과 수고로움

21
오만함을 기르지 말라

해 석 《곡례(曲禮)》에 말하였다.

"오만함을 길러서는 안 되며, 욕심을 따라서는 안 되며, 뜻을 채워서는 안 되고, 즐거움을 극도로 누려서는 안 된다."

♣ 한자 익히기

曲:굽을 곡 敖:거만할 오 慾:욕심 욕 志:뜻 지 極:끝 극

♠ 뜻풀이

*曲禮(곡례):《예기(禮記)》의 편명

*敖不可長(오불가장):오만함을 키워서는 안 됨

22
오얏나무 밑에서 갓끈을 고쳐 매지 말라

太公曰 瓜田에 不納履요 李下에 不正冠이니라.

해 석 태공이 말하였다.

"참외밭에서 신 끈을 고쳐 매지 말고, 오얏나무 밑에서 관(冠)을

바로잡지 말라."

♣ 한자 익히기

瓜:참외 과 納:바칠 납 履:신발 리 李:오얏 리, 성씨 리 冠:갓 관

23
덕(德)은 몸을 빛낸다

해 석 《대학(大學)》에 말하였다.

"부(富)는 집을 윤택하게 하고, 덕(德)은 몸을 윤택하게 한다."

♣ 한자 익히기

潤:윤택할 윤, 젖을 윤 屋:집 옥

24
부자가 못 되는 이유

酒中不言은 眞君子요 財上分明은 大丈夫니라.

해 석 술에 취해서는 말을 하지 않는 것이 참다운 군자요, 재물은 분명하게 하는 것이 대장부이다.

♣ 한자 익히기

酒:술 주 眞:참 진 財:재물 재 丈:어른 장 夫:지아비 부

<h1 style="text-align:center">25
수양에는 돈이 들지 않는다</h1>

해 석　절효(節孝) 서선생(徐先生)이 제자들에게 훈계하였다. "제군들은 군자(君子)가 되고자 하는데, 가령 자기의 힘을 들이고 자기의 재물을 허비해야 하기 때문에 군자가 되지 않는다면 괜찮지만, 자기의 노력을 들이지 않고 자기의 재물을 들이지 않아도 되는데 제군은 왜 군자가 되지 않는가? 마을 사람들이 천시하고 부모가 싫어하여 군자가 되지 않는다면 괜찮지만, 부모가 바라고 마을 사람들이 영화롭게 여기는데도 제군은 왜 군자가 되지 않겠는가?"

♣ 한자 익히기

孝:효도 효 訓:가르칠 훈 諸:여러 제 勞:힘들일 로 費:쓸 비 賤:
천할 천 鄕:마을 향 榮:영화 영

♠ 뜻풀이

*徐先生(서선생):이름은 적(績), 절효(節孝)는 그의 시호(諡號)
*勞己之力(노기지력):자기의 노력을 들임
*費己之財(비기지재):자기의 재물을 들임

26
사람에 대한 판단

子曰 衆이 惡之라도 必察焉하며 衆이 好之라도 必察焉하라.

해 석 공자가 말하였다.

"여러 사람이 그를 미워하더라도 반드시 살펴보며, 여러 사람이

그를 좋아하더라도 반드시 살펴보아야 한다."

♣ 한자 익히기

衆:여러 중, 무리 중 察:살필 찰 惡:미워할 오, 악할 악 好:좋을 호

27
말은 어눌하게, 행동은 민첩하게

子曰 君子欲訥於言 而敏於行이니라.

해 석 공자가 말하였다.

"군자는 말은 어눌하게 하고 행동은 민첩하게 해야 한다."

♣ 한자 익히기

訥:말더듬을 눌   敏:민첩할 민

28
수양하는 법은 집을 짓는 법과 같다

해 석   《직언결(直言訣)》에 말하였다.

"집안을 다스리고 몸을 수양하는 것은 마치 집을 짓는 것과 같으니, 먼저 집터를 단단히 해야 하고, 입신(立身)하는 자는 먼저 덕행(德行)이 필요하며, 집안을 일으키는 자는 먼저 그 산업을 안정시키고, 집안을 다스리는 자는 모름지기 그 방옥(房屋)을 수리해야 한다. 집을 수리하면 사람과 물건을 보호할 수 있고, 입신하면 신명(神命)을 받들 수 있다. 집이 온전해야 늙은이와 어린이를 보호할 수 있고, 나라가 다스려져야 임금과 신하를 보호할 수 있다. 만약 집터가 튼튼하지 못하면 집이 반드시 무너질 것이요, 마음과 행실이 허술하면 몸이 위태롭고 욕을 당하게 된다. 집이 망하면 백성들이 어지럽게 흩어진다. 나라가 뒤집어지면 임금과 신하가 어찌 보존될 것이며, 집이 만약 망하면 어른과 어린이가 어디에 의탁할 것이며, 몸이 만약 위태롭고 욕을 당하면 신명(神命)이 어찌 편안할 것이며, 방이 무너지면 인물(人物)을 어떻게 보호할 것인가? 그 성패(成敗)가 이러하니, 잘 살펴야 한다."

♣ 한자 익히기

構:얽을 구　屋:집 옥　業:일 업　須:모름지기 수　修:고칠 수, 닦을 수　奉:받들 봉　崩:무너질 붕　壞:무너질 괴　喪:망할 상, 초상 상　離:떠날 리　亂:어지러울 란　顚:넘어질 전　墜:떨어질 추　摧:재촉할 최　熟:익을 숙　察:살필 찰

♠ 뜻풀이

*治家治身(치가치신):집안을 다스리고 몸을 수양함
*基址(기지):집의 기초
*喪亡(상망):망해 없어짐
*離亂(이란):흩어져 어지럽게 됨
*顚墜(전추):떨어져 멸망함

29
분노와 욕심은 수양의 적이다

해 석 《성리서(性理書)》에 말하였다.

"몸을 수양하는 요령은 말이 충신(忠信)해야 하고 행실이 독경(篤敬)해야 하며, 분한 마음을 징계하고 욕심을 막으며 허물을 고쳐 선(善)으로 나아가는 것이다."

♣ 한자 익히기

修:닦을 수 忠:충성 충 信:믿을 신 篤:돈독할 독 敬:공경 경 懲:징계할 징 窒:막을 질

♠ 뜻풀이

*忠信(충신):성실하고 신의(信義)가 있음

*篤敬(독경):독실하고 신중함

*懲忿窒慾(징분질욕):분노를 참고 욕심을 막음

*遷善改過(천선개과):허물을 고쳐 선한 사람이 됨

30
자신의 악부터 고쳐라

해 석　여씨(呂氏)의 《동몽훈(童蒙訓)》에 말하였다.

"자신의 나쁜 점을 책망하고, 남의 나쁜 점을 책망하지 말라. 대개 날로 그 나쁜 점을 고치고 밤낮으로 스스로 점검해서 조금이라도 다 없어지지 않으면 마음이 꺼림칙할 것인데, 어찌 다른 사람을 공부하여 점검하겠는가?"

♣ 한자 익히기

呂:성씨 려　童:아이 동　蒙:어릴 몽, 어리석을 몽　攻:공격할 공　盖:대개 개　夜:밤 야　毫:터럭 호　慊:겸연쩍을 겸, 의심할 혐　豈:어찌 기　邪:어조사 야, 사악할 사

♠ 뜻풀이

*絲毫(사호):실낱이나 털끝. 아주 적은 것
*慊於心(겸어심):마음이 겸연쩍음

31
명예욕과 소유욕

景行錄에 云 務名者는 殺其身하고 多財子는 殺其後이니라.

해 석 《경행록(景行錄)》에 말하였다.

"이름을 얻기에 힘쓰는 자는 자신을 죽이고, 재물이 많은 자는 후손을 죽이게 된다."

♣ 한자 익히기

務:힘쓸 무 殺:죽일 살, 줄일 쇄

32
말을 적게 하면 비난도 적다

해 석 《경행록(景行錄)》에 말하였다.

"말수가 적으면 비방(非謗)을 줄일 수 있고, 욕심이 적으면 몸을 보호할 수 있다."

♣ 한자 익히기

省:덜 생, 살필 성 慾:욕심 욕 保:지킬 보

33
힘으로 남을 복종시키지 말라

맹자왈　이력복인자　비심복야　역불섬야
孟子曰 以力服人者는 非心服也라 力不贍也요

이덕복인자　중심열이성복야
以德服人者는 中心悅而誠服也니라.

해 석　맹자(孟子)가 말하였다.

"힘으로 남을 복종시키면 마음속으로 복종한 것이 아니라 힘이 부족해서요, 덕(德)으로 남을 복종시키면 마음속으로 기뻐서 성심으로 복종하게 된다."

♣ 한자 익히기

孟:맏 맹　服:복종할 복, 옷 복　悅:기뻐할 열　贍:넉넉할 섬, 도울 섬
誠:정성 성

♠ 뜻풀이

*以力服人(이력복인):힘으로써 남을 복종시킴
*心服(심복):마음속으로 기꺼이 복종함
*誠服(성복):진심으로 복종함

34
남의 잘못을 보거든 자신부터 반성하라

해 석 《성리서(性理書)》에 말하였다.

"남의 선(善)한 일을 보거든 자기의 선을 찾아보고, 남의 악(惡)을 보거든 자기의 악을 찾을 것이니, 그래야만 바야흐로 도움이 있게 된다."

♣ 한자 익히기

性:성품 성 理:다스릴 리 尋:찾을 심 己:몸 기, 자기 기 如:같을 여 是:이 시, 옳을 시 益:더할 익

♠ 뜻풀이

*性理書(성리서):성리학(性理學)에 관한 책. 대표적인 것으로는 《성리대전(性理大全)》이 유명함

*尋己之惡(심기지악):자신의 악한 점을 찾아봄

*方是有益(방시유익):유익함이 있다

35
부부보다 중한 형제의 의리

해 석 장자(莊子)가 말하였다.

"형제는 수족(手足)이 되고 부부는 의복이 되니, 의복은 떨어지면 다시 새것을 얻으면 되나 수족이 끊어지면 붙이기가 어렵다."

♣ 한자 익히기

手:손 수 足:발 족 衣:옷 의 破:찢어질 파 更:다시 갱 新:새 신
斷:끊어질 단 續:이을 속